Avant nous le déluge

15 mois après

Chasse

Noé file sur le chemin goudronné. Le bruit léger du vent sur les feuilles couvre presque son léger essoufflement et le cliquetis de son VTT. Il est un peu plus de dix-sept heures. La chaleur de cet après-midi de juin s'estompe peu à peu. Il a quitté la base il y a une dizaine de minutes, laissant son groupe se débrouiller sans lui. C'est à la fois jouissif et pesant d'être considéré comme le chef. Il est heureux de se retrouver seul. Il ne roule pas trop vite, il ne doit pas arriver trop fatigué ; et puis les routes se sont dégradées, le bitume se fissure par endroit et il est jonché de petites branches arrachées par le vent, et jamais ramassées. *Surtout, ne jamais se blesser*. Il porte sur le dos l'étui avec sa carabine et un petit sac à dos avec une gourde, un couteau, un sac plastique, des plombs, un chiffon, une lampe de poche et un briquet. Le soir n'est pas encore tombé, mais déjà il profite d'une fraîcheur bienvenue après la lourde chaleur de la journée. Quelques jours plus tôt, au cours d'une veillée ils avaient décidé qu'il fallait éviter de s'éloigner seul ; mais Noé ne fait pas toujours ce qui a été décidé, même par lui. Il se considère comme un peu au-dessus des règles. On ne lui dira rien. On lui doit trop. S'il revient avec de la viande, en plus…

Il arrive à la sortie du petit bois, près du hameau désert. Il y a là trois ou quatre maisons très anciennes, maintenant des ruines dont pas une n'a gardé de fenêtres intactes. Le crépi est tombé par grandes plaques depuis des années et l'on voit les grosses pierres brunes des murs apparaître. Une cheminée tient encore et Noé pense aux gens qui vivaient là, se tenaient au coin du feu pendant l'hiver, il y a combien

d'années de cela ? S'il vient ici, c'est qu'il y a souvent vu des lapins sur l'espèce de place au milieu des vieilles maisons, et il n'y a encore jamais chassé. Il pose son vélo contre un mur et entre dans la première bâtisse. Le bois de la porte a été rongé par le vent et la pluie, il a perdu toute couleur et semble sculpté, strié par les veines du bois. Noé pousse la porte qui menace de tomber et se retrouve dans une assez grande pièce sentant l'humidité. Il y a dans un coin un amas de cartons et de planches de bois en train de pourrir. En face une fenêtre donne sur la petite place. Il pose son sac sur le sol de terre battue, ouvre l'étui de sa carabine, tape sur le canon pour charger l'arme, met un plomb et se met en position de tir, la carabine reposant sur le chambranle de la fenêtre. Agenouillé sur le sol légèrement humide, fixant l'étendue d'herbes folles devant lui, il attend.
Il profite d'être seul. Depuis qu'ils vivent dans la base, ils sortent peu ; sont toujours ensemble, comme une famille un peu encombrante. C'est pour ça qu'il n'a proposé à personne de l'accompagner. Et puis, ils n'ont qu'une carabine à plomb (mais des milliers de plombs). Ils ont aussi une carabine 22 long rifle et un fusil à pompe, que Noé n'aime pas utiliser. Ils ne s'en serviront qu'en cas d'attaque, parce qu'il y a peu de cartouches, et qu'il faut éviter de faire du bruit, de s'attirer des ennuis. La base est isolée au bord d'une petite forêt, bien discrète, à cinq kilomètres du premier village, mais on fait attention. Il y a presque un mois qu'on n'a plus de nouvelles de l'extérieur. Dans le doute, on reste prudent. C'est pour cet isolement qu'il a choisi la base. Pour ça et pour le puits bien sûr. C'est parmi les premières choses qu'il a apprises, la règle de trois de la survie, ou ce qu'il faut éviter en premier :
_ *Trois secondes d'inattention* (une doit suffire en fait)
_ *Trois minutes sans respirer*
_ *Trois heures sans abri* (dans le froid, la chaleur, ou l'humidité)
_ *Trois jours sans boire* (d'où le puits)
_ *Trois semaines sans manger*

Jusqu'à maintenant ils n'ont jamais passé plus d'un jour sans manger, mais l'hiver finira par revenir, c'est dans l'esprit

de chacun. Ce soir, il rentrera peut-être avec un lapin. Un lapin c'est l'assurance de vivre encore un peu, c'est de l'énergie pour produire du mouvement, de la chaleur, continuer à avancer encore. Il était absorbé par ses pensées quand un lapin a sorti la tête de son terrier. Il a tiré. Manqué. Il faut se reconcentrer, armer le fusil et attendre de nouveau. Un plomb de perdu. Ce n'est pas trop grave, il a un moule pour en couler de nouveaux.
Il attend, mais plus rien ne vient, que le soir. Il se donne encore quelques minutes quand il aperçoit le chat gris et blanc. Un chat, un lapin, c'est kif-kif. Pour Marion ça l'embête un peu. Il vise la tête tandis que le chat passe, comme fièrement, à une quinzaine de mètres de la carabine. L'impact fait bondir l'animal d'un mètre. Il retombe parcouru de spasmes. Noé s'approche et tandis que le chat n'est plus secoué que par une activité nerveuse post-mortem, il l'achève d'un coup de couteau à travers le crâne. Il n'a jamais pris de plaisir à tuer, d'un autre côté, son rapport à la viande ne lui a jamais semblé si sain. Depuis qu'il chasse il se sent plus respectueux des animaux qu'il mange, il les observe, sait comment ils vivent, et précisément même de quoi ils sont faits.

Noé prend le chat par la peau de la nuque, le pose sur une pierre plate au bord d'une des ruines. Il s'agenouille à côté de lui. De son couteau il perce la peau du dos, y enfouit les mains et tire dessus pour séparer la peau du reste du corps du chat. Il coupe la tête, le bas des pattes où il reste de la peau et la queue ; Marion et les autres n'y verront que du feu. Il doit ensuite vider les entrailles. D'abord une petite incision en bas du ventre du chat, puis il met ses doigts dedans pour relever la peau tandis qu'il la coupe vers la tête. C'est un moment critique parce qu'il ne faut surtout pas déchirer les organes du chat : ça le rendrait impropre à la consommation, ça voudrait dire qu'il l'a tué pour rien. *Faire très attention à l'hygiène, ne prendre aucun risque avec l'alimentation.* Il retire enfin les entrailles, enterre les parties dont il n'a pas besoin, met la carcasse dans son sac en plastique et retourne à la base.

17 mois avant

Julie

Les passions littéraires de Julie avaient semé en elle une graine de frustration. Elle sentait confusément que son monde ne pouvait pas se réduire à quatre murs, à un appartement, un immeuble, un quartier ou même une ville. Le sentiment d'être incomplète, comme vide, la rendait morose. Elle rêvait d'un ailleurs indéterminé, d'un univers plus onirique. La lecture de « Sur la route » de Kerouac lui avait donné le goût du voyage. Pourtant, en y réfléchissant, ce n'était pas ce genre de voyage qu'elle cherchait. À bien y regarder, qui était Kerouac? Un type cherchant un ami à travers les Etats Unis, vague parasite en errance, trop en conflit avec lui-même pour s'arrêter et se regarder bien en face. Il y avait certes une poésie incroyable dans ses pages, un rythme de bon jazz à vous faire tourner la tête, mais tout cela ne menait qu'à des beuveries et des coucheries glauques. Julie, elle, ne voulait pas tourner en rond. C'était comme s'il y avait quelque part un message caché, un secret qui lui permettrait de remettre son existence dans une perspective positive. Elle ne pouvait pas être condamnée à n'être que cela.

Sa première tentative de recherche la conduisit à quelques centaines de mètres de chez elle. Ca ne faisait pas un grand voyage, mais la gare de la ville offrait de quoi être dépaysé. Ca lui avait pris comme ça, un soir de novembre. Elle s'était sentie bohème, coincée dans un appartement universitaire. Elle avait pris un sac à dos, mis deux trois affaires dedans, enfilé un jean confortable, ses Doc Martens ravagées, un sweat informe, sa grosse veste en laine, son chèche beige autour du cou, des mitaines et avait claqué la porte. Arrivée à la gare, son envie de partir ne s'était pas dissipée, mais elle ne sut pas où aller. Voir la mer : cliché, Paris : bof, quitter la ville pour une plus grande... Alors elle s'était assise cinq minutes dans un coin un peu isolé, le temps de réfléchir. Elle ne voulait pas être reconnue d'autres étudiants qui pourraient venir la voir, lui parler, la ramener à une réalité qu'elle fuyait.

Tout devient plus réel quand on s'arrête. Elle aperçut autour d'elle quelques personnes qui semblaient dormir. Certains avaient la tête posée sur leur sac de voyage, d'autres se blottissaient à deux ou trois. Julie se dit qu'ils devaient attendre un train tardif, ou alors le matin dans un lieu vaguement protégé. Elle sentit le courant d'air froid auquel on ne pouvait échapper nulle part dans la gare. Il y avait aussi, malgré l'heure tardive, le bruit de fond de voyageurs qui parlaient à voix basse, en général à leurs téléphones. Et puis le bruit électrique et décroissant des trains qui partaient, et celui insupportable du crissement des freins de ceux qui arrivaient. Tout cela baignait dans une luminosité glauque de néons fatigués. Julie se sentit étrangement bien. Pour profiter du moment, et parce qu'elle ne savait pas trop quoi faire d'autre, elle entreprit de se rouler une cigarette, avant de faire autre chose. La lumière du briquet mit fin à son isolement. Dans la pénombre, elle se sentit soudain visible, actrice et non plus spectatrice. Un couple de clodos avec un chien de type berger allemand s'approcha d'elle. L'homme portait un jean trop court et plusieurs couches de vêtements sur le torse, dont la dernière était une chemise de bûcheron à damier rouge et noir. Il avait le visage tout en arrêtes et en creux, et une barbe fournie poivre et sel. La peau du visage de la femme semblait figée, comme après avoir été agrippée et tirée vers l'avant ; elle portait sur ses épaules une longue veste grise informe, comme on aurait porté une bâche pour se protéger de la pluie. Julie sentit son rythme cardiaque accélérer. Allait-on lui dire qu'elle n'était pas à sa place ? Qu'en restant là elle jouait à un jeu dégradant pour ceux qui étaient contraints d'y dormir ?
Le regard clair de l'homme capta les yeux de Julie, tandis qu'il lui tendait un mégot au bout de deux doigts tordus et décharnés, comme des branches mortes.

– T'as du feu ?

Julie tendit son briquet et alluma le bout de cigarette du type, qu'il avait remis entre ses lèvres. Eclairant ce visage décharné, elle en accentua les ombres, et Julie fut frappée par cette vision plus vieillie encore, plus abîmée, plus humaine aussi, de ce vieillard aux yeux bleus veinés de rouge. Ce tableau clair-obscur fugitif resta longtemps dans sa mémoire.

– Si tu passes la nuit là, tu peux rester à côté de nous. Avec le chien, tu seras pas emmerdée. Y a toujours des mecs qui cherchent les ennuis ou qui piquent dans les sacs vers les trois ou quatre heures du mat'.

Julie n'eut pas besoin de leur parler. Elle imaginait la vie qu'ils avaient eue, la vie qu'ils avaient maintenant. Pas la peine de les embarrasser. Et puis elle ne voulait pas avoir à leur mentir non plus. Leur dire qu'elle n'avait pas vraiment besoin de leur protection. Qu'elle avait un vrai toit où dormir, même un lit. Elle passa la nuit dans un demi-sommeil entre un mur et le chien. Ça puait la pisse, la cigarette, la sueur et la vinasse que le couple s'échangeait dans une bouteille en plastique. Elle avait disposé quelques fringues par terre pour se protéger du froid du béton, mais trembla quand même toute la nuit. Au matin elle offrit une roulée à ses compagnons nocturnes (la femme prit la clope, mais ne la fuma pas, sans doute pour la donner plus tard à son homme). Elle profita de la lumière du matin pour se reposer encore un peu, elle avait mal partout et commençait à tousser. Sur les coups de dix heures, elle rentra chez elle, prit une douche et se coucha dans le luxe extraordinaire de sa chambre d'étudiant tandis que ses voisins de chambrée se réveillaient péniblement, mettant le volume de leur musique de merde à fond, histoire de faire comprendre à tout le monde qu'ils étaient levés, et mélomanes.

Julie ne renouvela pas l'expérience de la gare. Elle avait attrapé une bonne crève et était ressortie mélancolique de cette expérience. Pourtant elle avait entrevu là un rapport au monde plus direct qui lui avait plu. Quelque chose de primaire, d'animal, qui lui avait semblé plus vrai et plus important que le cours ennuyeux de son existence. Souvent, elle se disait avec fierté « Je l'ai vraiment fait ! » et ça la rendait plus forte. Elle se retrouvait en pensée dans la gare quand elle n'arrivait pas à dormir, ou qu'elle s'ennuyait en cours – ce qui est pratiquement la même chose-.

Plus tard, la lecture de Colette puis celle de Giono lui donnèrent envie de nature. La déification des éléments, la forêt comme un labyrinthe où se retrouver, se comprendre, la magie des pierres, des cours d'eau et des arbres dont parlaient ses auteurs lui donnèrent soif d'un contact plus intime avec les forces telluriques. Et comme elle s'intéressait aux forêts françaises et à la magie, elle se tourna naturellement vers Brocéliande.

15 mois après

La base

Sur le trajet du retour, Noé s'arrête à une centaine de mètres de la base. Il observe avec une certaine fierté le travail accompli. C'est un corps de ferme, probablement du début du XIXe siècle, en forme de « U ». Il y a une grande partie centrale prolongée de deux ailes : une courte à gauche et une à droite plus longue, car prolongée par une grange. Le tout est adossé à la forêt et fait face à la surface cultivée. Au-delà du potager, il y a des étendues de champs, abandonnés à l'heure actuelle. Autour de la base, en arc de cercle face au « U » de la bâtisse, il y a une barricade avec une barrière sur le côté, assez large pour qu'une voiture puisse passer. *Protéger la base et prévoir un plan d'évacuation.* Verra-t-on encore des voitures ? Le reste a été obstrué par un mur constitué de palettes, d'un tracteur hors d'usage, d'une vieille Peugeot posée sur le côté et à demi enterrée, de tonneaux métalliques remplis de béton, de rondins de bois et de pics dirigés vers les éventuels assaillants. Quand il n'y a pas trop de vent, le soir, on installe tout au long de la barricade plusieurs longs morceaux de corde sur lesquels sont fixées des boîtes de conserve à trente centimètres du sol ; c'est un peu l'alarme anti intrusion de la base. *Toujours rester en alerte.* Côté forêt on n'a pas mis de protection, mais on a muré toutes les fenêtres du rez-de-chaussée, c'est toujours ça de moins à défendre.

Le potager est sûrement la plus grande fierté de Noé. *Produire sa propre nourriture en quantité suffisante.* Il y a encore deux ans, il ne connaissait pas grand-chose à ce sujet. Depuis il s'est énormément documenté, il a mis les mains dans la boue pour faire de sa parcelle de terrain le fondement de l'autonomie de son groupe. Les individus, les réserves de nourriture et d'eau, son potager, ce sont là les principales richesses du clan. Ce sont, dans cet ordre là, les choses pour lesquelles il sait qu'il serait prêt à tuer.

Noé est devenu, par la force des choses, profondément ancré dans sa terre. À force de la travailler, il s'est mis à en apprécier la beauté. Il sait qu'elle rythme l'existence de son groupe, induit une discipline de vie et un entraînement physique salutaires. C'est le centre de leur cohésion, c'est pour elle qu'ils se lèvent le matin et c'est par elle qu'ils continuent à pouvoir se nourrir.
La sourcière a une vision un peu différente des choses ; plus intellectuelle peut-être. Elle lui en a parlé le soir de leur première rencontre :

– De l'aube des temps jusqu'à il y a quatre mille ans à peu près, les hommes vénéraient tous un dieu unique : la déesse Terre. Ensuite seulement ils se sont mis à adorer des dieux masculins. C'est à ce moment-là qu'ils ont commencé à se faire la guerre, chacun voulant prouver que ses dieux étaient plus puissants que ceux des autres. Le monde régi par une déesse féminine était plus pacifique, bien plus tolérant.

Noé la laissa continuer quoiqu'il trouvait l'argument idiot : si tous les hommes avaient adoré le même dieu masculin, ils se seraient moins fait la guerre aussi, et puis de toutes les façons, le monde d'il y a plus de quatre mille ans ayant laissé peu de traces écrites on pouvait bien lui faire dire ce que l'on voulait.

– La déesse Terre, avait repris la sourcière, avait trois formes chez les Celtes : Blodeuwedd celui d'une jeune fille avenante, Morrigu, la mère nourricière et Ceridwen la sorcière malfaisante. J'essaie de vivre en harmonie avec ces trois formes, sachant que même si je respecte la nature, que je la vénère pour ce qu'elle donne, elle peut aussi reprendre brutalement, car c'est elle qui tire les fils comme il lui plaît. Au matin tu es la graine qui germe en son sein, à midi elle t'a donné assez pour que tu t'épanouisses, et le soir tu retournes dans la terre qui verra naître d'autres graines. Aussi civilisé que tu sois, n'oublie pas que tu ne t'éloignes jamais d'elle.

Noé repensait souvent à ces phrases de Julie, mais n'avait jamais vraiment adhéré à cette vision humanisée de la nature. Par contre, en se plongeant dans les principes de la permaculture, il avait appris à accepter un certain laisser-faire, une part de magie.

Durant sa préparation, il avait vite compris que la survie à longue échéance dépendrait énormément de sa capacité à faire pousser des fruits et des légumes et à élever des animaux. Pour apprendre ça, il avait rencontré des agriculteurs et des éleveurs sur les marchés. Mais il s'était rendu compte que leurs techniques n'étaient pas transposables dans le monde qu'il imaginait : sans engrais en grande quantité, sans électricité et surtout sans essence. *Prépare-toi à vivre comme au moyen-âge.* Depuis la Seconde Guerre mondiale, l'agriculture s'était développée principalement grâce à la pétrochimie qui avait produit des engrais à faibles coûts et qui permettait de travailler avec des machines sur des terres de plus en plus vastes. Il fallait complètement revenir là-dessus. L'unique engrais qu'il allait utiliser serait produit sur place grâce à ses cultures et son élevage ; grâce aux toilettes sèches aussi...
C'est en cherchant une nouvelle voie qu'il était tombé sur des sites web parlant de permaculture (association de permanent et agriculture) : l'art de cultiver la terre de façon à ce qu'elle se régénère naturellement, en utilisant le moins possible de ressources non renouvelables. Ainsi, pour la création de son potager, il s'était appliqué à créer un espace dans lequel l'homme était à sa place, en façonnant l'écosystème sans le détruire. Il avait longtemps observé l'espace nécessaire pour nourrir le clan, qu'il estimait aux alentours de 1000 m². Novice, il aurait bien commencé avec une surface plus petite, mais l'urgence était de pouvoir nourrir son groupe. Autour de la base, les terres anciennement cultivées fourniraient peut être un peu de nourriture les premiers temps, mais laissées à l'abandon elles redeviendraient des friches. Les boîtes de conserves et bocaux qu'il avait amenés à la base ne dureraient pas. Il allait falloir chercher l'équilibre entre le temps passé à cultiver et une production suffisante pour pouvoir stocker, et peut-être même troquer.
La zone de culture devait être proche de l'habitation : quand il n'y aurait plus de pétrole, on ne ferait plus de grands trajets, et

il serait difficile de porter les lourdes charges de fruits et de légumes ; tout devait être à portée de main. Cela rendrait la surface cultivée plus facile à travailler… et à défendre aussi.

La première fois qu'il avait vraiment mis les mains dans la terre, cela avait été pour faire les buttes de culture, avec Cyril, le beau-frère. Ça leur avait pris une semaine. À cette époque pas si lointaine, il y avait encore du gasoil. Ils avaient utilisé les derniers litres pour le tracteur avec sa charrue. Devenue inutile, ils avaient abandonné la machine à la périphérie du champ pour l'intégrer à la barricade. La terre labourée, pour la première et dernière fois, ils avaient monté les buttes à la pelle, 1m20 de large, 50cm de haut sur une dizaine de mètres de long. Depuis cette période, le dos de Cyril n'avait plus jamais été vraiment le même : il se réveillait parfois à l'aube avec comme une crampe intense partant des lombaires et irradiant dans sa jambe gauche. Une sciatique, peut-être une hernie, difficile de savoir sans l'avis d'un docteur. Toujours est-il que Cyril ne pouvait plus courir, devait faire attention à ce qu'il portait, bref, avait perdu dix ans en une semaine de travaux de la terre. Ça remettait un peu les choses en perspective, ça expliquait par exemple pourquoi les vieux paysans que l'on croisait autrefois au bord des routes, ou jouant aux boules sur les places de village le dimanche, se tenaient de travers, comme cassés vers l'avant. Ça incitait aussi à les respecter pour leurs vies silencieuses à lutter contre la terre pour en faire jaillir ses fruits, sans aucune médaille ni récompense, juste le sentiment du devoir achevé, d'avoir bien fait en nourrissant des inconnus en plus de sa famille.

En tout cas, cette idée simple des buttes était vraiment efficace : elles créaient un espace protégé du vent pour d'autres plantes en dessous, augmentaient la surface cultivée, ainsi que la surface en contact avec l'air. Ca permettait aussi d'avoir moins à se baisser pour ramasser les légumes, et ça favorisait l'eau entre les buttes pour les plantes qui en avaient besoin et évitait les inondations pour celles qui étaient dessus. Ainsi les salades étaient en haut et les choux en bas. Chaque

végétal devait être pensé sous plusieurs angles : ce qu'il produit, ce dont il a besoin, ses interactions avec les autres végétaux (ombre, apport de nutriments). Dans la nature, il n'y a pas de déchets, et tout ce qui est produit est réutilisé. Ainsi les parties des plantes « inutiles » servaient de compost réparti en fonction de son apport en carbone ou en azote.
Noé avait sélectionné uniquement des plantes qui pourraient se reproduire facilement, puis il avait recouvert une grande partie de la surface d'un « mulch » ou paillage : une protection du sol faite d'herbes coupées et de morceaux de carton pour éviter le gel et la pousse anarchique des herbes. Ça permettait aussi d'aider au développement de champignons, et d'une vie animale propice aux plantes.

Noé repense à ses heures de labeur tandis qu'il traverse le potager pour rentrer à la base ; il est descendu de son vélo et marche à côté. Pour un œil extérieur, tout ça n'a l'air de rien (c'est encore un des avantages de la permaculture.) : quelques arbres fruitiers sur une vague friche. Le sol est laissé sauvage, on y touche le moins possible. Une petite partie est même donnée à la nature, pour le développement de fleurs sauvages qui attirent les abeilles et aident à la pollinisation. Lui, malgré le soir qui tombe, sait y voir ses trésors cachés : plants de tomates non taillés (moins productifs mais plus résistants), haricots, potimarrons... et pommes de terre en très grand nombre, parce que c'est nourrissant et que ça se conserve bien pendant l'hiver.

13 mois avant

Insécurité

En une dizaine d'années, les choses avaient changé. Noé ne reconnaissait plus la ville dans laquelle il avait grandi. Il s'était senti devenir « vieux con », le genre de personne à ressasser des : « C'était mieux avant. » Mais franchement, objectivement, c'était pas mieux avant ?
Ça avait commencé doucement. L'incivilité, par exemple. Noé n'était pas la personne la mieux éduquée de la terre, il avait l'insulte facile et aucune idée des bonnes manières. Pourtant, si quelqu'un le laissait passer en voiture, il faisait toujours un signe de la main pour remercier. On lui avait appris à dire « bonjour », « merci », « au revoir ». Des conneries, mais des conneries sociales. Le genre de choses pas fondamentales, mais qui entretenaient un lien dans ce groupe de plus en plus hétérogène, et de plus en plus explosif qu'était devenue la société.
Chacun se faisait plus individualiste, pour se protéger de la horde d'individus trop dissemblables qu'étaient devenues les villes. La moitié des personnes rencontrées portaient des écouteurs, comme pour vous dire : « Ne me parle pas ». On marchait vite, pressé de s'enfermer chez soi, de retrouver sa prison sécurisée.
On se faisait plus discret aussi. Des habits ternes, surtout éviter les couleurs vives, et pour les femmes, rien qui ne laisse apparaître leur féminité, ou même rien qui ne la laisse deviner. À trop avoir laissé s'installer un climat de violence dans les rues, le pays s'était retrouvé otage de groupes que la police elle-même n'essayait plus de canaliser, de peur de se retrouver dans des affrontements armés. Alors les citoyens lambda faisaient comme Noé : ils adoptaient le style « low profile », fringues discrètes, attitude réservée, évitant les regards et les sorties après dix-huit heures. Pour lui, ça avait commencé après une sortie cinéma.

Après un « action movie » bien régressif, une sorte de vaste pub pour un déo d'adolescents, il était ressorti de la salle, assez joyeux, en début de soirée. Il s'était rendu au parking souterrain du centre commercial, dans lequel il avait l'habitude de venir voir des films le vendredi soir. Alors qu'il était pratiquement arrivé à sa voiture, dans une lumière faiblarde de néons clignotants, le bruit d'autres pas résonnants que les siens l'avaient fait se retourner.

– T'as pas une clope ? l'interpella l'un des deux hommes qui le suivaient.

– Je fume pas, désolé, répondit Noé en s'arrêtant face à eux. C'étaient deux types au teint basané, survêtements et baskets, archétypes de la banlieue parisienne jusqu'aux vulgaires chaînes dorées autour du cou.

– C'est pas grave, dit le deuxième, tu vas nous dépanner avec un peu de thunes.

– Ça va pas être possible, s'excusa presque Noé, un peu honteux de lui-même.

Aujourd'hui, Noé aurait continué à marcher, gardé une distance de sécurité, esquissé un signe d'apaisement en écartant les mains et tandis qu'il se serait barré aurait dit un vague : « Bonne journée » tout aussi honteux, mais logique dans sa tentative d'évitement de la confrontation. Il n'aurait peut-être pas mieux réussi, cela dit.

Ce jour-là il prit un coup de genou dans les couilles et un coup de poing à la tempe. Quand il émergea il se rendit compte qu'il avait dû prendre aussi quelques coups de pied dans les côtes tandis qu'il était à terre (pour quoi faire d'ailleurs ?) et qu'il avait perdu son portefeuille, son portable, ses clefs de voiture -mais bizarrement pas sa voiture- et ses clopes.

À la suite de ça, ça avait été plus difficile pour Noé de sortir. Il ressentait une angoisse et une certaine honte de ne pas avoir été à la hauteur en tant qu'homme. Une profusion de films exaltants la virilité lui avait inculqué l'idée que l'homme, le vrai, devait se sortir de ce genre de situations en fracassant des crânes sur le béton à l'aide de poings surdéveloppés. Il avait alors eu une phase un peu compulsive

de musculation. Il s'était inscrit dans une salle pleine de machines à soulever de la fonte et de miroirs où se miraient des hommes et des femmes. Tous étaient isolés dans leur contemplation hédoniste, sortes de Narcisse modernes qui ne deviendraient pas des fleurs au bord de l'eau, mais des morceaux de viande urbaine sur le macadam.
Parallèlement, il s'était plongé avec voracité dans la vision de vidéos sur le net : « Se défendre contre plusieurs adversaires », « les armes du quotidien », « les coups qui tuent vraiment » et autres divertissements. Il n'apprit pas grand-chose de tout ça. Il ne devint pas un monstre invincible (et ça faisait chier). Mais il découvrit petit à petit, en regardant les commentaires de ces vidéos, un univers underground de gens apeurés comme lui, solidaires dans une préparation pour devenir plus forts. En suivant ces commentaires, en chattant, il se plongea dans cette société parallèle, avec ses codes et sa philosophie. Il rencontra sur la toile des personnes qui rejetaient le monde tel qu'il était devenu : trop compliqué, violent et individualiste et il comprit leur désarroi comme ils comprirent le sien.
Ses interrogations sur le pourquoi de la déliquescence du monde trouvèrent enfin des réponses. On lui montra comment chaque élément de l'histoire, chaque recul de l'humanité sur les valeurs, ses mœurs, l'économie même, était organisé selon des liens logiques. Pour qui avait une vue d'ensemble, il était possible de voir le sens de l'histoire, ce vers quoi on tentait de nous emmener. Il se sentit moins idiot. Il avait l'impression d'appartenir à une élite de gens qui comprenaient, face à un groupe ignorant, troupeau aveugle mené à l'abattoir. Lui ne voulait plus jamais faire partie des victimes.

Dans cette quête pour s'affranchir du destin imposé, il fallait déjà s'éloigner des médias. Achetés par de grands groupes de banques notamment, les journaux et les télévisions étaient l'instrument de propagande par excellence. Ils vous apprenaient qu'il n'y a pas d'autre possibilité que le capitalisme, et la soif de posséder. Ils contribuaient aussi à faire élire le président et les politiques de leur choix. Ces

marionnettes au pouvoir, contrairement aux apparences, n'étaient pas des crétins incompétents. Ils géraient juste le pays dans un unique but : que les gens qui leur avaient permis d'accéder à leur poste fassent de plus en plus de profit.
Cet objectif d'une élite, tout petit groupe de gens aux commandes du monde, était directement lié au pourrissement général. S'en était même l'unique raison.
La bêtise ambiante ? Une manipulation des médias à la solde des politiques, qui à coup de télé-réalité, de rap, et de juste prix, permettait de rendre le peuple docile ; une joyeuse bande de consommateurs.
Le chômage ? Un moyen utilisé pour faire pression sur les travailleurs afin qu'ils acceptent des bas salaires et contribuent aux meilleurs profits des patrons et des banques.
L'immigration de masse ? Un autre moyen pour baisser les salaires et désorganiser la société. En engendrant des tensions dues à la surpopulation et à l'incompréhension entre les peuples, « ON » espérait rendre les gens moins solidaires pour qu'à terme, l'individu super isolé par son individualisme même, ne puisse plus se rebeller. L'histoire avait appris une chose à nos maîtres : on ne défie bien le pouvoir qu'en groupe soudé.

Dans cette même logique de désorganisation de la société, et de la création d'individus isolés et égoïstes, les gouvernements et les médias se donnaient beaucoup de mal. Ils tentaient notamment de détruire la cellule familiale classique, base de toute société stable. Pour cela, ils développaient les droits des homosexuels, tant pour le mariage que pour l'adoption. Par ces couples bancals, ils espéraient engendrer des enfants moins structurés et plus manipulables. Tout allait être fait aussi pour discréditer l'autorité paternelle. L'unique pouvoir accepté devant être celui des dirigeants, on interdisait les châtiments corporels, symboles de l'autorité parentale, et on mettait en avant dans les publicités, des hommes de plus en plus efféminés. On nous vendait un homme idéal devenu une femme comme les

autres : acheteur compulsif de produits de beauté et de fringues, sans rage, bref, sans testostérone.
À terme, il faudrait détruire aussi le couple (on y travaillait en faisant la promotion de sites pour relations extraconjugales) et on obtiendrait enfin de gentils esclaves. Devenus valeurs marchandes, on pourrait louer les hommes en fonction de leur force de travail, les femmes seraient louées comme ventres permettant de donner de nouveaux esclaves.

15 mois après

Home sweet home

Longeant la barricade sur son VTT, Noé arrive à la barrière qui permet d'entrer dans la base. C'est une création de Cyril : un ancien poteau électrique en bois, qui bascule sur son socle grâce à un contrepoids en béton. Un adulte peut facilement le dresser ou le coucher sur son butoir. Le soir on le fixe avec une chaîne et un cadenas. Ça ne pourrait pas empêcher une intrusion, mais ça limiterait l'approche d'un véhicule près de l'habitation.

Noé continue sur le chemin de terre qui mène à la maison, entouré de ses plantations. Sur sa droite, il y a le potager. Il observe avec plaisir la consoude qui pousse bien. Ce sont de grandes feuilles épaisses et velues avec des fleurs en forme de clochettes blanches ou mauves. C'est un peu la plante à tout faire des permaculteurs : elle est riche en protéines et en vitamine B12 qui peut manquer en cas de pénurie de viande, elle produit aussi un engrais très riche et sert à soigner les coupures et les brûlures, et enfin elle attire les abeilles pour favoriser la pollinisation de toutes les autres plantes.

Le monde nouveau allait être le paradis des abeilles. Après avoir été pratiquement exterminées à coup d'hectolitres de pesticides, elles allaient petit à petit retrouver un espace moins pollué et de nouvelles étendues de fleurs des champs ; peut-être même seraient-elles un jour débarrassées de l'homme, se disait parfois Noé.

Il regarde sur sa gauche une dizaine de plants de cannabis. Il les a placés entre la maison et la forêt, exposés au soleil, mais pas au vent, parce que l'odeur bien qu'agréable est reconnaissable de très loin pour les habitués. Il aime venir les observer, surveiller qu'il a bien éradiqué les plants mâles et que les fleurs n'ont pas encore trop bruni. Bientôt il les récoltera, il les laissera sécher dans la cour et il les stockera dans des boîtes en plastique à la cave. Il a des tonnes de boîtes en plastique hermétiques à la cave. *Le survivaliste est un écureuil, il se construit un nid et cache ses réserves.* Ça prendra la place d'autres denrées alimentaires, mais il se dit que les moyens de décompresser risquent de disparaître avec le temps. L'alcool fort servira essentiellement à désinfecter, et il n'est pas simple à produire. Enfin ça pourra être utile pour lutter contre la douleur ou pour faire du troc.

Dans la cour il aperçoit Marion. Sa fille de huit ans est dans la partie poulailler : un petit enclos en grillage, avec une cabane en bois. Ça fait plus d'un an qu'elle n'est pas allée à l'école. Elle n'a pas l'air de trop en souffrir. Pourtant, Noé sait que Cyril devra un jour ou l'autre lui apprendre à bien lire, écrire et compter ainsi qu'à sa cousine. Ça fait partie des choses essentielles pour pouvoir comprendre une notice de médicament, le mode d'emploi d'une arme, et un jour, rédiger le journal du groupe. Aujourd'hui elle est plutôt sale et mal habillée. Ses longs cheveux châtains auraient besoin d'être coiffés et lavés. Elle est un peu trop maigre se dit aussi son père. Mais on se moque de tout ça maintenant. On fait attention à l'hygiène des mains après être allé aux toilettes, avant de manger et de préparer la cuisine parce qu'il ne faut surtout pas tomber malade, mais pour la présentation, on s'en fout. Marion elle-même n'aurait pas supporté d'être vue dans cet état dans le monde d'avant. À force de fréquenter des camarades de classe, la course à l'apparence l'avait gagnée elle aussi : l'obligation de porter des vêtements à la mode, d'être bien coiffée. Ça participait d'une angoisse parentale, ça prouvait aux autres parents qu'on s'occupait bien de ses enfants. Qu'est-ce que tout ça pouvait encore signifier aujourd'hui ?
Marion ramassait les déjections des volatiles avec une pelle et un seau. Pour Noé, lui apprendre à être utile s'était s'en occuper ; mieux encore, ça prouvait qu'il lui faisait confiance. En plus d'être la principale source de viande de la collectivité, les poules fournissaient un engrais riche en azote. Alors

Marion et Mélissa, les deux cousines, s'occupaient du poulailler avec le plus grand soin.
Chacun doit avoir une utilité dans le groupe, peu importe son âge. *« L'oisiveté est la mère de tous les vices. »*

– Ça va trésor ? lui dit-il, en la regardant faire.
– Ça va. T'as vu comme je nettoie bien ?
– C'est très bien, continue comme ça.

Il se dirige vers la maison, ouvre la porte au centre du bâtiment, et se retrouve dans un vestibule aux murs de pierres nues. En face de lui, à gauche, un escalier dessert l'étage et la cave. Il y a aussi la grande pièce qu'ils ont transformée en chai avec Cyril. Exposée au nord, la pièce est fraîche et uniquement pourvue d'une petite ouverture pour l'aération. C'est le lieu de stockage des denrées alimentaires, la « salle au trésor » de la maison. De part et d'autre de l'entrée il y a la porte de sa chambre à droite, et la porte de la salle à manger à gauche. Il est le seul habitant à avoir sa chambre en bas. En cas d'attaque il sera le premier menacé, et le premier à se battre aussi.

Il monte l'escalier pour poser la carabine sur son râtelier et la boîte de plombs sur l'étagère juste à côté. Lithium a laissé la porte de sa chambre ouverte. Il est de dos, assis face à la fenêtre. Devant lui il y a la table qu'il a faite avec une vieille porte posée sur des tréteaux. Noé ne voit pas ce qu'il fait, mais il reconnaît les gestes et le son de ce rituel répété de centaines de fois depuis qu'ils vivent sous le même toit : Lithium nettoie sa carabine « CZ » 22 long rifle sur laquelle est montée une grosse lunette.
D'abord il s'assure qu'aucune balle n'est dans le chargeur ni dans le canon. Ensuite il appuie sur la détente tout en tirant la culasse vers l'arrière pour la retirer. Avec un chiffon et un peu d'huile qu'il garde jalousement dans le tiroir de sa table de nuit, il astique toutes les parties métalliques, ce qui lui prend bien une quinzaine de minutes. Il regarde sous tous les angles les différentes pièces et surveille toute apparition de rouille ou de corrosion. D'une pichenette donnée du bout de l'ongle de son majeur, il fait tinter les différentes parties de sa carabine,

guettant un son suspect. Enfin, il fait couler un peu de lubrifiant dans le canon, après avoir soufflé dedans amoureusement, et il fait coulisser une dizaine de fois, de l'entrée du canon à sa bouche, une sorte de gros lacet : le bore snake, pour en faire partir les ultimes traces de poudre ou de particules de métal. Noé ne connaît pas aussi bien que lui le domaine des armes à feu, mais quand même, il se dit que Lithium en fait un peu plus que nécessaire. Parfois il l'a même vu démonter son silencieux et le remonter après en avoir nettoyé séparément toutes les chicanes. A priori pourtant, il n'a pas tellement d'occasions de se servir ni de sa carabine ni de son silencieux. Mais comme certaines personnes pratiquent le yoga pour se détendre, Lithium nettoie son arme. Grand bien lui fasse se dit Noé.

Il redescend l'escalier et ouvre la porte à sa droite qui mène à la salle à manger. Cyril est en train d'écrire sur un cahier à spirale. Il est assis à la grande table de bois, près du poêle qui est pour ainsi dire le cœur de la maison. Noé se rappelle le seul hiver que certains d'entre eux ont connu ici, à se serrer autour de la chaleur bienfaitrice, comme des milliards d'humains à travers le monde et à travers les siècles le faisaient, profitant de ces moments de recherche de réconfort pour parler, se raconter des histoires, resserrer les liens du clan. Cyril, quand il en a le temps, essaie de compiler les savoirs essentiels à la survie du groupe. Il note chaque jour l'avancée des plantations, les problèmes et les solutions trouvées pour l'hygiène, l'éclairage… À terme, il voudrait créer une encyclopédie de la survie. Le nouveau mode de vie l'a contraint à abandonner ses lentilles de contact, sans doute pour toujours. Il porte de petites lunettes rondes qui lui donnent un air intellectuel malgré sa stature de gorille, plutôt compacte. Il fait attention à ses montures comme à la prunelle de ses yeux, et c'est le cas de le dire, parce que s'il les casse, il sera vraiment en galère.
Dans la cuisine attenante, les femmes préparent le repas.

– T'as trouvé quelque chose tonton? demande Mélissa, inquiète. Pour elle, comme pour les autres, le repas du midi c'est un peu pile ou face. Le matin on mange des fruits, le soir de la soupe, mais le midi, on espère de la viande. Souvent, il y a un œuf pour chacun, mais ça fait peu de protéines, d'autant que le mode de vie nouveau implique pas mal d'efforts physiques. Alors quand quelqu'un part à la chasse, tout le monde espère qu'il reviendra avec du gibier.

– Juste un lapin répond Noé en montrant le sac plastique sanguinolent.

– Donne, dit Julie, en charge de la cuisine avec Manon, la sœur de Noé.

– Pourquoi tu n'es pas parti avec Lithium et Alban ? demande Manon. Ils auraient été contents de chasser avec toi. Alban n'arrête pas d'embêter Julie pour qu'elle te demande de lui apprendre à chasser.

– On fera ça une autre fois, Alban n'a que quatorze ans, il a le temps d'apprendre encore.

– Mais il veut se sentir utile, dit Julie. Tu sais, il y a une cinquantaine d'années, les garçons de son âge savaient utiliser un fusil. Dans une situation normale, je n'aimerais pas qu'il ait à tuer ; mais maintenant...

– Maintenant on est responsables de ce que l'on mange. On voit ce que l'on tue. Ca n'arrive pas par magie, en barquette sous cellophane. Je préfère cette façon de faire. Et il a l'air de comprendre ça, lui aussi.

– Alors, apprends-lui. Cet après-midi, il est parti avec Lithium inspecter les défenses de la base et essayer de poser quelques pièges. Mais la prochaine fois, part avec lui, ça lui fera plaisir.

Julie sort le lapin-chat du sac, l'examine d'un air soupçonneux, lance un regard noir à Noé puis commence à le préparer. Noé s'étonne toujours un peu de la façon dont Julie défend son petit frère. Pourtant, ils ont vécu des moments terribles ensemble et ils sont les derniers survivants de toute une cellule familiale. Julie a dû protéger très tôt Alban, comme une mère, sentiment sans doute accentué par la grande différence d'âge qu'il y a entre eux.

Une heure plus tard, les huit membres du groupe sont attablés autour d'un ragoût de lapin cuisiné avec des oignons, des carottes et des pommes de terre. Ça pourrait être vraiment bon avec du sel, du poivre et de la moutarde, mais ça fait longtemps qu'on n'en a plus. Le régime alimentaire à base de légumes, de soupes, de ragoûts, d'un peu de volailles et d'œufs est sûrement assez sain. Mais gustativement parlant, c'est chiant. Quand la discussion se fait moins animée et que Noé tente d'échapper au regard réprobateur de Julie qu'il n'a pas bernée sur la viande, il allume comme souvent la petite radio solaire qu'il a laissé recharger dans la cour cette après-midi. Parfois ils arrivent à entendre quelques bribes de musiques, fossiles d'un temps révolu, parfois même quelques informations parcellaires... Mais c'est de plus en plus rare. Ce soir, quelques phrases tournent en boucle, comme perdues de l'autre côté du monde tellement elles semblent lointaines. Le son est très mauvais, Noé joue avec la molette de réglage et essaie d'orienter l'antenne pour avoir la meilleure écoute possible. Les adultes se sont éloignés de la table et des crépitements du poêle pour mieux entendre :

« ..recommande de s'éloigner des villes... maladies...dysenterie...groupes violents... rester groupé.... Eviter les inconnus... » .

Le bruit de boîtes de conserve, pourtant lointain, de l'alarme anti-intrusion fait sursauter tout le monde. Noé éteint la radio, se lève, et dans le même mouvement fait un geste circulaire de l'index. Chacun sait ce qu'il a à faire pour avoir répété ce scénario de nombreuses fois. Marion, Mélissa, Alban, Julie et Manon montent à l'étage, suivis de Cyril qui défend le haut de l'escalier avec une machette. Lithium prend sa 22 et se met dans le poste de tir de la cuisine qui défend l'aile de gauche. Noé prend le fusil à pompe. Son arme noire, courte et massive est comme un prolongement de son corps. Il a des sentiments partagés à son égard : il sait qu'elle est synonyme de mort, mais il ne peut s'empêcher de se sentir bien avec elle, de la trouver belle. La poignée de type « pistolet » dans la main droite et la crosse sertie dans son épaule sont merveilleusement ergonomiques, réglées par lui-même pour sa morphologie. Quant au claquement du réarmement de la pompe, c'est un bruit si particulier, si agressif qu'il dit clairement, dans toutes les langues du monde : « Passe ton chemin ». Il va dans sa chambre pour sécuriser la partie droite de l'habitation. Il ouvre la fenêtre silencieusement, baissant la tête pour ne pas se faire voir ou tirer dessus. Si quelqu'un veut rentrer, il devra passer le feu croisé des sentinelles de la base.

Après quelques secondes de bruit dans la maison ne permettant pas d'identifier l'origine de ce qui a fait retentir l'alarme, tout est redevenu silencieux. La soirée est bien avancée et la nuit presque tombée. De l'extérieur on doit apercevoir la lueur du poêle, tout le reste est éteint. Noé se demande s'il s'agit encore d'une fausse alerte, le vent, un chien errant, un renard ou un sanglier déclenchent parfois le système d'alarme. Puis, tendant l'oreille, il perçoit des chuchotements et des bruits de pas qui viennent en face de lui. Les intrus se dirigent vers la cour, ils doivent emprunter le même chemin que celui qu'il a pris pour rentrer cet après midi. S'ils avancent encore, ils vont se retrouver très près de Lithium.

Par la fenêtre entrebâillée, Noé crie : « Qu'est-ce que vous voulez ? Cassez-vous on est armés ! »

Mais personne ne répond. Les bruits se sont tus. Noé est pratiquement accroupi, il fait trop sombre pour distinguer Lithium qui doit aussi attendre à couvert, derrière le réfrigérateur qui ne sert plus que d'armoire et de rempart depuis qu'il n'y a plus d'électricité. Il essaie de changer de position pour ne pas s'ankyloser. Les bruits reprennent, les pas se dirigent vers le poulailler. Les intrus sont au bord du potager, sur un arc de cercle à égale distance de Noé et de Lithium, quand celui-ci décide de tirer. Noé voit la flamme sortir du canon de la 22 quand le bruit perce la nuit. Un tir de fusil de chasse lui répond et la vitre de la cuisine explose. D'un claquement sec, Noé arme la pompe de son arme, tire au jugé, vers les intrus, réarme et tire à nouveau. Le bruit résonne tellement fort dans la chambre que l'air semble vibrer. Ses oreilles lui font un mal de chien.

– Laissez-moi partir fils de p… ! gueule une voix de

femme stoppée par une balle que Lithium a dû tirer en se repérant au bruit. Le silence se fait. Personne ne bouge dans la maison. Quelqu'un râle près du potager. Le bruit qu'il (ou qu'elle) fait est affreux, comme s'il essayait de vomir sans y parvenir. Cela risque de durer un certain temps.

La consigne qu'ils se sont donnée est de ne surtout pas sortir dans le noir en présence d'un individu armé. Chacun reste à son poste pour la nuit, Noé espère que les enfants pourront dormir, mais il n'y croit pas trop. Il doit être un peu plus de minuit quand les halètements et les appels à l'aide cessent définitivement. Ça a semblé une éternité pour Noé. Cyril passe en silence prendre des nouvelles des deux gardes de la maison. Du côté de leur groupe, tout va bien : Lithium a une blessure bénigne due à des éclats de verre quand la vitre de la cuisine a explosé, rien de grave, et Noé n'a pas été pris pour cible. Cyril retourne en haut des escaliers pour rassurer tout le monde ; il ne peut pas s'empêcher de penser qu'il va s'emmerder pour réparer la vitre. Un peu de la tension accumulée ces dernières heures retombe tandis qu'il se fustige pour la bêtise de sa réflexion.

Plus que quelques heures à attendre la levée du jour.

<u>9 mois avant</u>

Le groupe de Stef

Il avait trouvé la maison de Stef avec un peu de difficultés. C'était un pavillon typique des années 70, en périphérie d'un village, à une trentaine de kilomètres de la première ville un peu importante (Orléans). La bâtisse de deux étages trônait sur une petite butte, au milieu d'un grand terrain boisé. Il s'était garé dans la grande cour parmi cinq ou six véhicules, entre une Citroën hors d'âge et d'une Honda CB600, pas franchement d'origine. En sortant de sa voiture, il avait vu que la plupart des hôtes étaient au sous-sol de la maison, dans ce qui semblait être un grand garage, auquel on accédait par une descente assez pentue. Hormis une atmosphère paranoïaque, Noé ne savait pas trop sur quoi il allait tomber. Ça n'avait pas été facile de se renseigner sur eux. Stef lui avait dit : « On ne parle pas trop, ni au téléphone, ni sur internet. Tout ce qui passe par l'électronique peut être retrouvé et utilisé contre toi. »
La veille, il avait reçu une lettre sans trace d'expéditeur. Dedans il y avait l'adresse de Stef ainsi que deux phrases : « Viens vers 15 heures. » et « Ne rentre cette adresse dans aucun putain d'ordinateur ou GPS. »
« Un littéraire sans doute » s'était dit Noé.

Il avait fait à peine quelques pas vers la maison que deux types, accompagnés d'un rottweiler, étaient sortis à sa rencontre. Le premier, brun aux yeux bleus portait un jean, une chemise bleue et des baskets. Il lui tendit la main :

– Stef.

– Noé.

– Lithium, dit le second type. Celui-ci était assez grand, il portait des cheveux blonds très courts et était habillé comme pour partir en randonnée : chaussures de marche, pantalon et veste en toile légère, dans les tons kaki. Le chien n'eut pas l'amabilité de se présenter, il resta à distance, sans quitter Noé des yeux.

– Ça t'ennuie si on te fouille ? demanda Stef.

– Une habitude, renchérit Lithium.

– Ta maison : tes règles, dit Noé en posant son sac de sport par terre. Il leva les bras et écarta légèrement les jambes comme ses rencontres avec la police le lui avaient enseigné.

Quelques bières plus tard, l'ambiance s'était un peu détendue. Noé avait été présenté aux autres membres du groupe qui semblaient tous passer à un moment ou à un autre au garage. Chacun s'affairait à droite et à gauche ou débattait avec enthousiasme. L'endroit était beaucoup plus exigu que ce que Noé avait imaginé : l'espace réduit, entouré de tentures, permettait difficilement de faire tenir plus d'une dizaine de personnes en même temps. Pour ce qu'il en avait vu, le groupe était constitué en tout d'une vingtaine de membres, hommes et femmes, ayant entre vingt et soixante ans. Les styles étaient assez divers : cela allait du look paramilitaire-campeur-chasseur, comme Lithium, au hippy-baba cool-écolo aux cheveux crades et aux fringues en chanvre. Une majorité avait opté plutôt pour des tenues discrètes. On lui expliqua que le groupe se retrouvait au moins deux fois par mois pour travailler à leur projet de BAD : Base Autonome Durable. Le concept avait été développé par un type du nom de Piero San Giorgio et avait été repris par la plupart des survivalistes. Ça consistait à préparer une sorte de forteresse où pouvoir survivre quand la société aurait explosé.

– Le premier point c'est l'eau, lui avait expliqué Stef. Si t'as pas d'eau, t'es mort, c'est aussi con que ça. Il te faut de l'eau pour boire, pour cuisiner, pour l'hygiène de ton groupe - pense bien que s'il n'y a plus de médecins l'hygiène sera vitale- et enfin pour cultiver. Tu dois pouvoir avoir accès à 40 litres d'eau par jour par personne à peu près. Le deuxième point c'est la nourriture. Tu dois stocker dans ta base un maximum de denrées non périssables ; c'est du boulot pour un groupe de notre taille.

– Et vous faites comment concrètement ?

– On stocke ici, au sous-sol, à l'abri de la lumière de l'humidité et des changements de température.

Il écarta une des tentures et découvrit des étagères métalliques chargées de boîtes. Le sous-sol devait en être rempli.

– En fonction des moyens de chacun, on essaie de rapporter des boîtes de conserve, des bocaux et des légumes secs lors de nos réunions, reprit-il. Il faut bien sûr faire une liste de ce qu'il y a, de ce qu'il manque et gérer les dates de péremption. On stocke au maximum, comme tu peux voir. Mais si la crise dure trop longtemps, que le retour à la normale se fait trop attendre, il faut pouvoir subvenir à ses besoins en produisant de la nourriture. Dans notre groupe les deux tiers des membres se spécialisent dans l'agriculture et l'élevage. À terme, ils créeront un espace de culture pour nous rendre autosuffisants… enfin c'est l'objectif. C'est pour ça que le survivalisme c'est aussi le partage d'informations, de techniques et de savoirs.

– Ça fait pas mal de boulot !

– T'as pas idée ! Dans nos priorités il y a aussi l'hygiène, dont on a déjà parlé, et la santé. L'hygiène : propreté, bonne alimentation et activité physique pour faire simple, c'est le meilleur moyen d'éviter un maximum de maladies. Dans la conception de notre base on réfléchit à des problèmes qui peuvent paraître idiots, mais qui sont vitaux, comme ce que l'on fera des excréments, comment on nettoiera les aliments, est-ce qu'on peut fabriquer du savon… Pour ça, on a aussi des gens qui se forment à la médecine et aux premiers soins. En tant qu'infirmier dans le civil, c'est moi le responsable de ce groupe. On stocke aussi des médicaments, des compresses, du matériel de médecine, du savon, des gants en latex… je fais des listes de ce que l'on doit stocker, ça paraît infini. Le survivaliste est un écureuil, il se construit un nid et cache ses réserves.

– À part stocker alors, vous faites quoi ?

– On ne fait pas que stocker, on ne jette rien aussi ! On récupère tout ce qui est susceptible de nous servir un jour : du bois pour le feu, les pièces réutilisables de machines qui ne fonctionnent plus pour bricoler, on est dans le recyclage intensif ! On installe aussi des panneaux solaires, on répare les cheminées, on se prépare à vivre sans électricité facilement accessible, ça aussi ça sera un changement radical. C'est pour ça que si tu montes une base, t'as intérêt à avoir avec toi un ou deux électriciens, maçons, bricoleurs en tout genre... Ce sont grâce à ces personnes-là que tu vas consolider, réparer, entretenir et créer des moyens de défense pour ta base.

– La défense, ça c'est mon domaine, dit Lithium resté silencieux depuis le début de l'explication de Stef. Du moins c'est mon principal travail ici, parce qu'on essaie tous de développer plusieurs compétences vitales au groupe, pour que personne ne soit irremplaçable. C'est une de nos règles, on tente d'avoir tout en double parce qu'on peut perdre le matériel comme les hommes. Dans ce sens, Vol West, un des chefs de file des survivalistes, dit toujours : « Deux c'est un et un c'est rien ».

– Et en tant que spécialiste de la défense tu fais quoi ?

– J'organise la protection de la base, c'est-à-dire les défenses extérieures, la protection du bâtiment en tant que tel, je gère les stocks d'armes, et j'entraîne les membres du groupe à leur utilisation.

– C'est pas un peu extrême ?

– Notre base, c'est l'unique trésor qui restera aux membres de notre groupe. Quand la société aura disparu, c'est la seule chose qui fera qu'on pourra survivre quand tous les autres crèveront de faim et s'entretueront, répondit Lithium. Soit on sera en capacité de la défendre soit d'autres nous la prendront, je vois pas d'autre alternative.

– Le vrai problème c'est la confiance, dit Stef.

– Ouais j'ai vu ça, vous êtes paranos les gars répondit Noé.

– Comprends-nous. Le jour où il n'y aura plus rien dans les magasins, dit Stef, très rapidement après la crise, on n'a pas envie que les gens se disent : « Mais au fait, j'ai des voisins qui s'étaient préparés à cette situation et qui doivent stocker de la bouffe ! ». Tu vois le topo ?

– Oui. Mais pourquoi vous m'en parlez alors ? Pourquoi

vous avez un site internet ? avait demandé Noé.

– Sur notre site on ne dit pas nos vrais noms et on ne dit pas où est notre base. Par contre, maintenant que tu nous as rencontrés, on va être obligés de te buter. Tu serviras de viande pour le chien, avait répondu Lithium sans un sourire.

– En fait, c'est un peu compliqué, avait repris Stef. D'un côté on n'aime pas trop montrer où on habite, dire qui on est... Mais de l'autre, on pense que c'est aux citoyens de s'entraider. On espère que d'autres vont se préparer, et qu'éventuellement ils pourront nous aider en cas de problème. Toi par exemple, si tu continues sur cette voie, ce que je souhaite bien sûr, tu devras nous dire où se situera ta base, pour qu'on puisse te retrouver en cas de besoin. Il n'y a que lithium et moi qui aurons cette info, et on ne s'en servira qu'en cas de crise.

– Tant pis pour votre chien alors. Parce que pour que je fasse une base qui puisse vous servir de back up, il faudra que vous me laissiez partir. Finalement vous êtes plus confiants que vous ne le croyez.

– Sois pas trop optimiste quand même, reprit Lithium. On te parle, on t'invite, on t'apprendra des choses, mais on a aussi ton nom et ton adresse actuelle. Ne crois pas qu'on sera gentils si on découvre un jour que tu nous as trahis.

– Ça va, ne parlons plus de ça. Arrête de le gonfler, Lithium. Bien sûr il y a cette confiance là, entre individus, qui est essentielle ; mais c'est plus vaste que ça. Tout ce qu'on fait ici vient d'un déficit de confiance. Beaucoup de gens qui entendent parler des survivalistes les prennent pour des paranoïaques qui essaient de se rassurer en se préparant à l'apocalypse.

– Et alors?

– Alors ils n'ont pas tort ! On est des paranos et on se soigne ! On n'a confiance en personne, et surtout, on n'a pas confiance dans le système tout entier. De par le monde, on n'est pas les seuls. De plus en plus de gens ne croient pas que tout ça puisse perdurer.

– Écologiquement, politiquement, philosophiquement on va dans le mur avait complété Lithium. Franchement, tu crois que le monde dans lequel on vit est viable ?

– Pas trop, sinon je ne serai pas venu vous voir, répondit Noé.

– Il y a d'un côté ça, continua Stef, c'est-à-dire un système économique délirant, des tensions interethniques de plus en plus importantes, les ressources qui disparaissent, l'eau que l'on pollue, la terre que l'on détruit, l'humanité tout entière poussée à consommer de plus en plus… et de l'autre, l'idée que quand ça partira en couille, pour une raison ou pour une autre, on sera seuls. Il ne faudra pas espérer s'appuyer sur les autres citoyens. Quand la crise viendra, la société étant devenue individualiste à mort, ce sera « chacun pour sa peau. » Quant aux politiques, c'est un petit groupe de connards pas franchement intéressé par des gens comme nous.

– Sans déconner, prends l'exemple de l'état français, c'est n'importe quoi, dit Lithium ; un tout petit groupe de personnes qui gouvernent à tour de rôle. On leur donne le pouvoir, c'est comme si on leur prêtait pour cinq ans une autorisation de port d'arme pour défendre nos intérêts, et qu'est-ce qu'ils en foutent, franchement ?

– En ce qui concerne la droite, on sait, dit Stef. Ils se servent du flingue que leur ont prêté les urnes pour menacer le peuple, s'enrichir et enrichir leurs amis… Dont on ne fait pas partie.

– Après t'as la gauche, dit Lithium, en apparence pleine de bonnes intentions, mais gravement inefficace.

– Eux, leur flingue, ils s'en servent pour se foutre une balle dans le pied ou pour faire la politique de la droite ; de vrais crétins, continua Stef.

Noé sentit qu'ils avaient déjà eu cette conversation mille fois, et les laissa continuer.

– Après t'as l'extrême gauche, reprit Lithium. Ces mecs-là ils proposent de réparer un vieux char russe pour défendre nos intérêts. Par contre ils savent pas lire les plans (qui sont écrits en cyrillique) et ils sont jamais d'accord sur la marche à suivre ; c'est pour ça qu'on les entend plus trop.

– Doivent être en train de se taper dessus au fond de leur garage, dit Stef. Ensuite, bien sûr, l'extrême droite. Eux ils proposent d'utiliser un bazooka pour régler les problèmes. Alors la droite les drague parce qu'ils se disent qu'avec cet armement ils feront plus de pognon que jamais...

– Et la gauche flippe parce qu'elle se dit que si jamais, comme eux, ils se tirent dans le pied... Avec le bazooka : tout le monde est mort.

– Et les écolos vous les mettez où ? demanda Noé.

– Les écolos ? Totalement inutiles, dit Lithium. Eux ils ont un pistolet en carton.

– Recyclé, coupa Stef.

– Et ils s'en servent uniquement pour faire peur à la gauche, qui rappelons-le est gravement inefficace. Alors il reste le centre...

– Et ? demanda Noé.

– Au centre ils ont pas de flingue ! dirent Stef et Lithium en éclatant de rire.

– OK, OK je comprends votre vision de la politique française dit Noé. C'est pas mal vu. Mais vous ne pensez pas plutôt qu'il faut voir ça à plus grande échelle ? Que les états ne nous aident pas parce qu'ils ont d'autres intérêts. Leurs actions vont toutes dans le même sens : rendre leur toute petite caste de plus en plus riche et de plus en plus puissante, et rendre les autres de plus en plus faibles, dit Noé.

– Je vois ce que tu veux dire, répondit Stef, mais nous on place le débat ailleurs. C'est peut-être vrai qu'une élite nous jette contre le mur par intérêt pour le pognon et le pouvoir, mais en gros on s'en fout. On s'en fout de savoir qui est aux commandes, qui manipule qui et pourquoi... Quelque part on se met hors-jeu. On cherche un mode de vie bénéfique pour nous-mêmes. On tend à s'améliorer. Apprendre des choses... Ce qui nous intéresse, c'est la résilience : revenir à des vies plus simples, mieux contrôlées, et surtout, uniquement par nous-mêmes. On essaie de redevenir les acteurs principaux de notre bien-être : produire notre nourriture sans pourrir la nature pour pouvoir le faire de façon durable, se former aux premiers secours, être capable de se protéger. On cherche à avoir des vies cohérentes avec nos principes, on ne se prend pas pour des héros, beaucoup plus pour des pères de famille responsables et indépendants. On ne supporte plus de dépendre de l'Etat ou d'une autre structure dont on se méfie. On recherche la liberté extrême qui consiste à ne dépendre de personne. Les théories auxquelles tu fais référence, on voit ce que c'est, seulement, on ne s'interroge pas si loin, quelque part on ne se sent pas concernés. On se détache du besoin de protection du gouvernement, on apprend à se défendre tous seuls, on se prépare à un avenir tout pourri. C'est ça le survivalisme. Les Anglais nous appellent « preppers », ceux qui se préparent. Un jour prochain, il est vraisemblable que tout s'écroulera. Ce jour-là ceux qui ne savent pas trouver d'eau, de bouffe, qui ne savent pas vivre sans électricité, qui sont incapables de se protéger ou de se soigner… vont crever.

15 mois après

Après la nuit

Avec l'aurore vient le chant du coq, on entend aussi les poules qui commencent à s'agiter dans leur cabane. Il faudrait aller leur ouvrir. Noé ne sait pas trop s'il a fini par s'endormir, ou s'il est resté éveillé grâce au froid de la fenêtre ouverte. Il aperçoit deux masses allongées au bord du potager, et Lithium en face de lui, dans la cuisine. Il lui fait un signe de tête, indiquant les corps. Il prend le fusil (qu'il a rechargé pendant la nuit) et va jusqu'au vestibule.

– Je vais inspecter dehors, tout le monde reste à son poste ! Personne aux fenêtres du haut ! Ordonne-t-il.

Il sort, le fusil pointé vers le potager. Il voit le canon de la 22 toujours dirigé dans la même direction. Le bruit des graviers sous ses pas et l'espace dégagé autour de lui le mettent mal à l'aise. Il se sent vulnérable, épuisé. C'est peut-être la même sensation qu'ont eue ceux sur qui il a tiré cette nuit. *Défendre la base dans les limites du possible, ou fuir.* Il ne se voyait pas fuir pour deux intrus, abandonner tout le travail effectué ici, tout ce que lui a coûté cette base. Et puis fuir pour aller où ? Dans les bois derrière la maison, il y a une cache sous un tronc d'arbre, avec quelques couvertures, des bouteilles d'eau, des bocaux et un peu de matériel ; mais ils n'iraient pas loin avec ça. Ils seraient obligés de s'attaquer à une maison habitée pour survivre. Comme ont fait les intrus de cette nuit. Merde, il est responsable du groupe. C'est Lithium qui a tiré en premier. C'est peut-être lui qui les a tués tous les deux. Dans son groupe de survivalistes, il était le spécialiste du tir et de l'armement. Stef c'était la tête pensante et le médecin du groupe aussi. Belle connerie qu'il n'y ait pas de vrai docteur dans le groupe de Noé. Il y a bien Julie qui pratique sa médecine traditionnelle de sorcière, mais rien de sérieux. S'il avait pu choisir, Noé aurait pris Stef dans son groupe, pas Lithium. Trop froid, trop bizarre. Mais Stef et tous

les autres membres de leur groupe sont morts dans l'attaque de leur base. Lithium s'est échappé avec sa Citroën toute pourrie, son « sac d'évacuation » plein de munitions, et sa 22. Il a perdu toutes ses autres armes, et pour lui, c'est comme un deuil qui s'ajoute à la perte de tous ses amis.
Comme responsable de l'armement, il avait pas trop bien défendu son camp. Est-ce qu'il avait essayé de se rattraper cette nuit ? De racheter l'échec de son premier clan qui s'était fait repérer puis massacrer, envahir par un plus gros groupe alors qu'ils faisaient tout pour être discrets ?

Noé arrive tout près des corps. Sur sa gauche il y a un homme, en bleu d'ouvrier, une petite cinquantaine d'années. Il a le haut du corps criblé par les chevrotines de 8mm qu'il a tirées. Celui-là a dû mourir pratiquement sur le coup. À quelques mètres sur sa droite gît une femme un peu plus jeune. Elle a le teint très pâle, et des cheveux bruns poivre et sel. Un rictus de douleur crispe son visage dans une expression effrayante. Une vilaine blessure au ventre l'a vidée de son sang. À voir les traces qu'elle a laissées sur le sol, il semblerait qu'elle ait essayé de ramper sur le dos pour s'enfuir. Il n'y a personne d'autre.
Cela fait deux minutes que Noé est là sans rien dire et sans bouger, juste à observer les cadavres quand Lithium s'approche de lui.

– C'est bon ?

– Ouais, c'est bon. Enfin ils sont morts, quoi.

– Ça va toi ?

– Ça va. T'es blessé au visage il paraît ?

– Oui rien de grave. T'as vu ? Il avait un fusil de chasse. Ça fait toujours ça de plus pour notre défense. Elle, elle avait un genre de petite arbalète. Je sais pas si ça peut servir, mais on va toujours la prendre.

– Putain Lithium, elle avait une arbalète à la con, pratiquement un jouet quand tu lui as tiré dessus.

– Et lui un putain de fusil de chasse ! Et il m'a tiré dessus ! Tu les as prévenus qu'on était armés, qu'est-ce que tu voulais qu'on fasse de plus ?

– Je sais pas. Je suis fatigué. J'aurai préféré qu'on ne

tue personne.

– Moi aussi. Mais je pense pas qu'ils venaient de nuit armés pour une visite de courtoisie. Pense à ta fille, à Mélissa, à Alban. Qu'est-ce que tu voulais qu'on fasse ? On défend notre territoire. Sans ce terrain on n'est plus rien !

Tandis que Lithium se fait soigner par Julie qui désinfecte ses plaies au visage, Noé et Cyril fouillent les corps. Lithium a déjà récupéré les armes et un sac à dos par terre contenant des munitions de calibre 12, un couteau, de la corde, quelques billets en vrac une petite chaîne et des bagues en or. Sur l'homme ils ne trouvent rien d'intéressant et ne récupèrent que son pantalon, sa ceinture en cuir et ses chaussures de sécurité. Impossible de récupérer les vêtements de la femme, ils sont en trop mauvais état et couverts de sang. Seules ses baskets pourront encore servir. Retenus par la ceinture de son jean, il y a cinq petits carreaux pour son arbalète. Enfin ils trouvent dans une de ses poches un portefeuille avec un peu d'argent et une espèce de carte de visite avec une photo : « Mme XXX, conseillère La Banque Postale ».

– C'est fou d'avoir gardé une connerie pareille, dit Cyril. Qu'est-ce qu'on peut bien en avoir à foutre qu'elle ait été conseillère à la Banque Postale ? Tu crois que ça comptait à ce point pour elle ? Qu'elle était fière de son boulot ? Banquière, en plus putain ! Moi j'aurai cramé tout ce qui pouvait me ramener à une vie antérieure aussi chiante et malhonnête !

– C'est peut-être la seule photo potable d'elle qu'il lui restait, j'en sais rien moi, montre !

Noé prend la carte. Que reste-t-il de leurs vies antérieures ? De leurs anciens boulots ? Lui n'a rien gardé de sa vie de secrétaire médical ; côté survie c'est limité. Son travail consistait essentiellement à répondre à des coups de fil, prendre des notes, consulter des agendas. Au moins avait il du temps pour lire des livres en cachette, sur la permaculture et la survie notamment, et ça, ça lui a été profitable. Cyril reste un peu le prof de techno qu'il a toujours

été : il continue à écrire dans des cahiers. Julie était étudiante : elle n'a rien appris d'utile dans ses études, mais il lui reste ce qu'elle a appris à côté, comme Noé. Manon bossait dans l'administratif : idem, inutile, il ne lui en reste rien. Ou peut-être un certain sens de l'organisation. Et Lithium ? Qu'est-ce qu'il faisait avant ? Il ne lui a jamais demandé. Ils parlent essentiellement de survie maintenant, d'agriculture, de comment résister au froid, de protection de la base, de chasse. Leur vie d'il y a un an, un an et demi, leur paraît si lointaine, presque irréelle.
Il est épuisé.

Avec Cyril, ils portent le corps de l'homme, l'un le tenant par les poignets, l'autre par les chevilles. Ils l'emmènent vers le bois où Lithium et Julie ont commencé à creuser un grand trou. Alban est à l'intérieur de la maison, avec les filles, et Manon fait disparaître les flaques de sang à l'aide de seaux d'eau et de sable. Ensuite il faudra porter la femme. Avec la photo sur la carte, il est sûr de l'avoir reconnue, parce qu'il a déjà vu une de ses photos. Il a la tête qui tourne et la nausée, mais comme toujours, il fera comme si de rien n'était.

7 mois avant

Runes

Un peu plus d'un an s'était écoulé depuis son bivouac urbain. Julie avait fait du chemin dans sa recherche d'authenticité. Elle avait complètement abandonné la ville comme lieu d'expérience et avait prolongé sa quête dans le « bushcraft », art de vivre dans les bois. Sa passion grandissant, elle avait créé un blog alimenté par des articles et des vidéos traitant du couchage, de la nourriture et de différentes techniques utiles à ceux qui veulent passer des nuits en forêt. Tandis qu'elle s'isolait des autres étudiants de la fac, elle tissait des connexions à travers le monde, via son blog. La sensation d'avoir deux existences, l'une studieuse, et l'autre aventureuse s'accentuait. Sa vie passée dans la nature avait un goût de réel bien plus marqué que l'autre. Peu d'éléments coexistaient dans ses deux mondes : elle y rencontrait des gens nouveaux, n'y portait pas les mêmes habits, elle y mangeait, elle y dormait différemment. Elle-même était une autre dans ces deux expériences. Elle était bien plus concentrée, ouverte et attentive au monde dès lors qu'elle passait du temps isolée dans la nature. Là, elle ressentait avec une acuité comme surdéveloppée sa finitude ; c'était comme si plus rien n'existait que ce que ses sens lui laissaient entrevoir, en tout cas rien d'important. Elle pouvait se concentrer sur ce qui est vraiment essentiel : boire, manger, se prémunir du froid et dormir. Le retour à ces fonctions de base lui permettait d'accepter la vie plus sereinement ; la mort aussi d'ailleurs.

De ses rencontres avec d'autres « bushcrafteurs » elle avait gardé une pratique, une sorte d'habitude, peut-être le seul lien entre ses deux vies : l'art de tirer les runes. Elle avait fabriqué elle-même les vingt-cinq morceaux de bois précieusement rangés dans une bourse en cuir couleur lie-de-vin. C'était un matin, très tôt, alors qu'elle était dans la forêt de

Brocéliande, avec le groupe de « bushcrafteurs » qui l'avait initiée à cette pratique.
Elle s'était éloignée, suivant son intuition. Une légère brume montait du sol comme pour saluer la renaissance de la forêt. Nu-pieds pour être en contact direct avec la terre, et notamment les mousses pleines d'énergies positives, elle avançait au hasard, vivante de se sentir saisie par le froid. Elle ne portait qu'un short court et un débardeur trop grand, ayant délaissé dans sa tente les couches de vêtements superficielles qui l'auraient isolée de sa communion avec la nature. Un peu perdue dans la lumière naissante de l'aurore, elle sentit son cœur battre à la vue d'un jeune noisetier dont les branches fines filaient vers le ciel comme un feu d'artifice. Avec respect elle s'approcha de l'arbre et l'étreignit. Au loin, le croassement d'une corneille vint confirmer l'appel du végétal. On disait le noisetier propice à la fabrication de baguettes magiques ou de sourciers, il produirait sans doute de bonnes runes. Seuls au monde, Julie et son arbre communiquèrent un instant, lui, criant son amour, et elle, s'excusant de la blessure qu'elle allait lui infliger. Mais il est impossible de faire des runes dans un arbre mort, dans lequel on ne peut rien lire, auquel on ne peut plus rien dire. Il faut prélever le bois magique dans du vivant, alors seulement, si l'on fait les bons gestes, le sacrifice offre une part de magie. Quand l'instant lui parût être le bon, cérémonieusement, Julie sortit son couteau de camp et le présenta à l'arbre. Elle mit toute son attention, toute son énergie, pour ne frapper qu'une fois la branche, du bas vers le haut afin de montrer son respect pour le morceau de vie qu'elle prenait. Elle retint la branche de sa main gauche pour qu'elle ne tombe pas au sol où son énergie vitale se serait déversée inutilement. Ensuite, Julie s'assit en tailleur, face à l'arbre, et déposa la branche sur son chèche. Elle tailla celle-ci en vingt-cinq morceaux qu'elle grava de la pointe de son couteau. Sur les vingt-quatre premiers tronçons de bois elle inscrivit les signes du Futhark, l'alphabet runique, et laissa vierge la dernière rune : « Wird ».

Dorénavant, quand elle avait une décision importante, ou lorsqu'un sentiment d'étrangeté la frappait, elle tirait les

runes pour y voir plus clair. Et les runes l'éclairaient. Quand Noé la contacta sur son blog pour qu'elle l'initie au bivouac, sa première réaction avait été de ne pas donner suite ; elle n'avait même pas répondu. Il s'était présenté comme un survivaliste, et les bushcrafteurs se méfiaient des survivalistes. Si les deux groupes étaient d'accord sur le fait que le déclin de la société était arrivé avec le capitalisme et la mondialisation, la consommation comme seul objectif, l'utilisation excessive d'énergies non durables, le « tout tout de suite », le nucléaire, Monsanto®... leurs idéologies étaient opposées. Les survivalistes étaient souvent liés à l'extrême droite, parfois racistes tandis que les bushcrafteurs étaient plutôt liés à l'extrême gauche et aux écologistes. Le seul point commun de ces deux façons de penser résidait finalement dans une volonté de retrouver un rapport plus direct avec le monde, de se préparer à revivre d'une façon plus naturelle.
À quelques siècles près, les deux mouvements rejouaient l'opposition de Rousseau et de Voltaire : Qu'est-ce que l'homme sans la société ?

À cette question les bushcrafteurs, dans la lignée de Rousseau, répondaient : «Tout est bien sortant des mains de l'auteur des choses, tout dégénère entre les mains de l'homme. » Contemplatifs, admirateurs de la nature ils la pensaient bonne par essence, mais pervertie par l'homme. En retournant vers elle, en tâchant de mieux la comprendre, l'homme moderne retrouverait une sorte de pureté originelle, un bien-être disparu avec la trop grande fréquentation de ses semblables et des maux qui en découlaient, notamment la possession qui produit l'inégalité, la défiance, la guerre.

Pour les survivalistes au contraire, dans la lignée de Voltaire, l'homme avait été poli par la société, amélioré par la fréquentation des siens. La prétention légitime de l'individu à se protéger par l'enrichissement ou la possession avait été la voie vers le travail de la terre, au bénéfice de tous. L'homme était parvenu à mieux se nourrir, se soigner et avait créé la justice grâce à la société. C'est pour cela que les survivalistes se préparaient : l'homme retournerait à ses instincts primaires dès lors que la société s'écroulerait, et cela ne tarderait pas :

des groupes en tous genres menaient la civilisation à sa perte : ultra-riches réunis au Bilderberg, Francs Maçons à l'idéologie dégénérée, juifs noyautant les sphères du pouvoir à travers le monde pour le diriger, immigration musulmane violente et incontrôlée, chacun pouvait se trouver un ennemi. Sinon, viendrait un désastre écologique, un accident nucléaire, l'effondrement du système économique ou politique actuel... les raisons de croire au retour de la barbarie ne manquaient pas.

La nuit suivant la réception du mail de Noé, Julie ne parvint pas à trouver le sommeil. Sur son réveil (Dieu le maudisse) les heures défilaient, vertes et lumineuses. Son partiel du lendemain ne lui semblait pas être une raison suffisante à l'insomnie, Julie était plutôt du genre détendue pour ses études. Lassée de se tourner et de se retourner, engluée dans ses draps, elle alla chercher sous la table basse, la boîte de bois sculpté, souvenir qui sentait encore bon les épices marocaines, contenant ses runes. Elle s'assit en tailleur, dans la direction de sa forêt et fit le vide en s'aidant du contact amical du bois de ses runes. Il y a presque deux mille ans de cela, Caesar avait décrit cette pratique des Gaulois, sans laquelle ils ne prenaient aucune décision importante. Elle-même utilisait plutôt une technique basée sur la culture viking « l'arbre d'Odin ».

« Que se passe-t-il ? » demanda-t-elle.

Un à un elle sortit les morceaux de bois de sa bourse de cuir, les plaçant en forme de croix. Les deux premiers ne lui apprirent pas grand-chose.
Passé : Berkhano, l'enfantement, quelque chose va naître d'actions anciennes. Présent : Ehwaz inversée, dans ce sens la rune du cheval indique la stagnation.
La troisième rune, généralement très positive, inversée était de mauvais augure :
Futur : Othalaz rune de l'osmose et du foyer, ici mise en garde forte, précisée par la quatrième rune, cœur du problème : Isa, la solitude. Pour la cinquième rune, celle de l'obstacle, elle tira

Ansuz, la rune d'Odin et de la conscience. Elle lui dit d'approfondir sa connaissance et sa réflexion, d'aller vers l'inattendu. Enfin, la sixième rune, celle du résultat, Raidho, le chevalier, la fin du conflit et la rationalité lui évoqua Noé et la rigidité qu'elle supposait chez lui. Eviter la solitude pour échapper à un drame, se lier à un chevalier, éviter le conflit, s'ouvrir dans sa spiritualité... Elle répondit favorablement au mail de Noé.

19 mois après

Automne

L'automne précède l'hiver. Dans le monde d'avant, cette évidence signifiait que bientôt les jours deviendraient de plus en plus courts, et qu'il faudrait s'habiller de plus en plus long. Ça a une tout autre signification pour Noé et son groupe maintenant. Ça veut dire qu'il est temps de préparer les réserves, et que si elles sont insuffisantes, ils ne passeront pas l'hiver.

Cyril est aux commandes, il note tout dans un de ses petits cahiers. Il a envoyé sa femme et sa fille, Manon et Mélissa, dans le chai, dont la porte est laissée entrouverte pour laisser passer un minimum de lumière. Elles font l'inventaire des denrées alimentaires de cette pièce, et vérifient que les pommes de terre ne s'abîment pas et ne germent pas. Il faut jeter tout fruit ou légume qui commence à pourrir pour éviter la contagion. Elles font aussi le tour des pièges à souris. Julie est devant la grange avec Marion. Elles font bouillir des bocaux de fruits dans une grande marmite (la marmite de sorcière d'après Marion). Ce sera la principale source de vitamines qu'ils auront pendant l'hiver, alors elles les empilent avec grand soin dans la petite cave creusée sous la grange. À la base, ça devait être une fosse utilisée pour faire les vidanges, mais dans les premiers mois de leur arrivée ici, Noé, Cyril et Manon l'ont agrandie et dissimulée sous une épave de remorque qu'ils déplacent pour en découvrir l'accès. Comme des écureuils, animaux survivalistes s'il en est, ils essaient de diversifier les cachettes.

Noé renouvelle la paille du poulailler. Il en inspecte le grillage pour s'assurer qu'aucun prédateur ne puisse rentrer. Un seul renard qui passe, et fini les protéines. Ensuite, il prend la brouette pour épandre le fumier des poules sur les buttes du potager. Ces quelques allers-retours lui font du bien.

Il se promène dans ce qui paraît un développement anarchique de plantes : les voies de la nature sont impénétrables, ou tout du moins difficilement accessibles, et en permaculture, on la laisse faire au maximum. Beaucoup de plantes ont disparu avec l'arrivée de l'automne, c'est maintenant la période des pommes, des courges, des choux, des raisins, des noix et des châtaignes. Ça et là poussent aussi des ronces qu'un jardinier classique arracherait ; mais Noé sait qu'elles sont des espèces « pionnières », ces plantes qui s'installent facilement et servent à préparer le sol avant de disparaître pour que d'autres plantes poussent. Pour obtenir un bon jardin en permaculture, pour que la terre soit saine et bien productive, que les plantes trouvent leur place et s'y développent au mieux, il faudrait cinq ans. Noé et son groupe, eux, ont eu à peine deux ans pour parvenir à ce résultat. Bien des choses devront être améliorées à l'avenir, mais c'est en jardinant qu'on devient jardinier. Ils ont remarqué par exemple que la récolte des salades était bien plus productive en ne prélevant que les plus grosses feuilles sur chaque spécimen. Ainsi la plante continue à pousser, et à produire bien plus de feuilles que si on l'avait coupée entièrement en une seule fois. À force de lire des bouquins, de consulter des vidéos il a appris les bases : que certaines plantes vivaces repousseraient après l'hiver, sans qu'il n'y ait rien à faire, que certaines oubliées, survivraient à l'hiver et reviendraient plus productives que jamais, comme les pommes de terre notamment. Il a appris à ne pas récolter les plus beaux spécimens de légumes, mais à les regarder suivre le cours de leur existence végétale sans y toucher, comme par respect. En faisant ça, on les laisse monter en graines pour qu'ils puissent se reproduire dans un an, peut-être deux, car beaucoup de légumes sont bisannuels.

Lithium, sa 22, et Alban sont dans la forêt. Lithium a une passion pour son arme, elle ne le quitte jamais. Quand il va dans la forêt, il la porte sur le dos dans un sac spécial, de couleur camouflage urbain : blanc, gris et noir. Il la soigne, la démonte. Alban l'a même déjà surpris en train de lui parler. Malgré ses côtés étranges, un peu inquiétants même, Alban l'aime bien et essaie toujours de passer du temps avec lui. Ça dérange parfois Julie que son petit frère ait un tel exemple, mais pour l'instant l'association semble bénéfique aux deux. Lithium s'ouvre un peu et Alban se sent moins inutile parce qu'il apprend à aider le groupe. Aujourd'hui, Cyril les a envoyés chercher des noix, c'est la période idéale pour trouver ce fruit riche en lipides et facile à conserver. De retour à la base, ils débarrasseront les noix de leur brou, les essuieront, les feront sécher et les mettront dans des boîtes en plastique hermétiques. Au passage, ils posent et vérifient les pièges.

– Aujourd'hui Alban, je vais t'apprendre à poser un collet. C'est quelque chose que des amis m'ont appris, dans mon ancien groupe, quand on se préparait à ce que ce monde pourri parte en ruine. À l'époque, on se cachait pour faire ça dans la forêt parce que c'était illégal, maintenant…

– Maintenant, c'est légal ?

– Maintenant, a priori, il n'y a plus de gouvernement, plus de police, plus d'armée, plus de justice alors tu sais les lois, on s'en fout un peu.

– C'est la loi du plus fort ?

– La loi de celui qui survit le mieux. Et pour survivre, un peu de viande, ça ferait pas de mal. On demandera à la sorcière de nous faire des bocaux de pâté de lapin.

– J'aime pas quand tu appelles ma sœur « la sorcière ».

– Noé, il le fait bien.

– Il l'appelle la sourcière, celle qui cherche de l'eau. Toi, c'est une façon de se moquer d'elle, lui je crois que c'est amical.

– Si tu veux.

Lithium se baisse, arrache une touffe d'herbe et se frotte les mains avec.

– On commence toujours par faire ça quand on piège, c'est pour ne pas laisser d'odeur humaine sur les collets. Vas-y.

Tandis qu'Alban reproduit ses gestes, il demande :

– Et toi, Lithium, c'est pas ton vrai nom, pourquoi on

t'appelle comme ça ?

– C'est une espèce de blague qui vient de mon ancien groupe. Mon meilleur ami m'appelait comme ça parce que je suis rarement de bonne humeur ; c'est un peu compliqué à expliquer.

– Et tu t'appelles comment en vrai ?

– Ça n'a aucune importance. La personne que j'étais avant a disparu. Il ne reste plus que Lithium.

Alban perçoit un peu d'agressivité dans le ton, il se tait. Vivre plus ou moins cloîtré dans une communauté n'est pas facile, surtout avec un groupe qu'on n'a pas choisi. Il connaît l'histoire de Lithium, Noé lui a raconté. Il sait que ses amis, dont Noé s'est inspiré pour créer sa base, ont été massacrés. Alban n'a jamais encore osé lui en parler.

Tandis qu'ils marchent, Alban l'observe à la dérobée. Depuis qu'ils vivent ensemble, ils ont tous maigri, mais c'est chez Lithium que la malnutrition se voit le plus : comme il est plutôt grand, en tout cas plus que les autres, il a l'air plus osseux, plus fragile malgré l'énergie qui se dégage de lui.
Avec ses joues creusées, ses cheveux blonds épars et ses yeux gris enfoncés dans leurs orbites, il a quelque chose de triste, comme s'il avait beaucoup pleuré. Mais Lithium ne doit pas être du genre à pleurer ; et pour ça il aimerait lui ressembler. Ils arrivent en silence dans une petite clairière bordée de chênes et de châtaigniers. Au centre de celle-ci, perce la lumière du jour sur des herbes hautes et des buissons.

– Pour poser un piège, dit Lithium, tu dois bien observer les lieux, et penser comme le ferait ta proie. Qu'est-ce qu'elle mange ? Où va-t-elle le trouver ? Où va-t-elle passer ? Quels endroits va-t-elle éviter ? L'idéal c'est de repérer des terriers, ou des pistes par lesquels les animaux passent. Ensemble on va en poser deux ou trois, ensuite on ira vérifier les miens et ramasser les noix. C'est pas la peine d'en poser trop, ce qui est important c'est de bien se souvenir de leur place. Alors d'après toi, on en met où ?

– Dans la forêt, ça me paraît impossible de savoir.

Dans la clairière, j'en mettrais près des buissons, je vois bien les lapins se cacher dedans.

– Pourquoi pas. Il faut aller voir de plus près, éviter de faire trop de bruit et de laisser des traces.

Ils s'approchent en silence d'un gros buisson de ronces et en font le tour. Pratiquement accroupi, Lithium désigne du doigt une petite percée d'à peine une dizaine de centimètres de diamètre au ras du sol, entre les épines. Il sort de son sac une bobine de fil de fer, et à l'aide de sa pince multitool, il en coupe un morceau d'une cinquantaine de centimètres. Il en attache une extrémité à une ronce de bonne taille et tire dessus pour vérifier la solidité de l'ancrage. Avec l'autre extrémité du fil, il fait une boucle avec un nœud coulant.

– Tu l'accroches bien solidement, dit Lithium en chuchotant, parce qu'un lapin qui se débat c'est plus fort qu'on ne le croit. Ensuite, tout l'art consiste à bien placer la boucle : il faut que le lapin y passe uniquement la tête, qu'elle ne soit ni trop haute ni trop basse, et bien orientée dans le sens de la marche de l'animal. Enfin, il y a une part de chance, comme toujours dans la chasse. Allez, on s'éloigne.

Lithium passe la bobine de fil de fer à Alban ainsi que son multitool.

– À ton tour maintenant !

– Ça n'a pas l'air très difficile non ?

– De poser des collets, non, mais avant d'attraper du gibier il faut essayer des dizaines de fois, bien réfléchir à ce qui réussit ou ne réussit pas ; c'est tout un art le piégeage.

Alban se dirige vers un nouveau buisson quand Lithium l'attrape violemment par le blouson au niveau de l'épaule, le forçant à se baisser. Il se retourne pour crier quelque chose, mais Lithium lui renvoie un regard noir en lui faisant signe de se taire. Il lui montre quelque chose de l'index tandis qu'ils s'accroupissent derrière le buisson. Alban essaie de voir de quoi il s'agit, à côté de lui son compagnon ouvre la housse de sa carabine, en essayant de faire le moins de bruit possible.

– C'est quoi ?

– Je sais pas, animaux ou hommes. Bruyant en tout cas. Si c'est du gros, j'pourrai jamais m'en faire un à la 22.

Le bruit se rapproche, il vient des bois et va vers la clairière. Soudain, une tache claire sort de derrière un arbre, à une trentaine de mètres du buisson où sont cachés les deux braconniers. C'est un homme d'une quarantaine d'années, grand, brun, très sale. Il porte une sorte de combinaison grise. Il s'arrête, regarde autour de lui avec inquiétude. Il fait un signe en direction de la forêt et est rejoint par une adolescente d'une quinzaine d'années aussi sale que lui et portant la même combinaison.

– Cassez-vous ! Cassez-vous ! Murmure pour lui-même Lithium, dans une espèce de prière égoïste, sans conséquence puisque les deux individus se ruent dans leur direction.

– Putain c'est pas vrai ! continue-t-il en épaulant sa carabine tandis qu'Alban est tétanisé par la peur.

Celui qui semble être le père court en boitant devant, suivi de près par la fille. Ils avancent ainsi d'une dizaine de mètres dans la clairière.

– Stop !

Deux hommes sont sortis de la forêt, formant un triangle avec le couple désormais immobile. Comme des loups en chasse ils s'avancent en prenant soin de se retrouver de part et d'autre de leur objectif, vers lequel chacun tend un pistolet. Tandis qu'ils s'approchent, le père et la fille se sont pris dans les bras et pleurent en silence. Lithium observe le curieux couple de chasseurs ; il y a d'une part, à droite, un homme habillé en policier et de l'autre, arrivant par la gauche, un homme de type africain, avec un blouson en faux cuir brillant et un pantalon trop large sur des baskets jaune-canari.

– Laissez-nous partir ! Implore le père, vous n'avez plus besoin de moi.

– Tu connais la règle, répond le policier, tu restes dans la meute, tu lui appartiens jusqu'à la mort. Maintenant, vous allez nous suivre. Et s'il y en a un des deux qui fait quelque chose qui ne nous plaît pas, on le bute ! Mais avant ça, je pense que t'as besoin d'une petite leçon, la première n'a pas eu l'air de suffire. Malik ! Éloigne-le un peu, mais pas trop qu'il voit ce qu'on fait à ceux qui désobéissent !

Il s'approche de la fille et la jette par terre. Elle ne pleure presque pas. Elle n'émet que des hoquets en se débattant faiblement. Son père qui a essayé de s'interposer a pris un coup de crosse sur la tempe qui semble l'avoir assommé. Tandis que l'homme qui s'appelle Malik le traîne vers leur buisson, Alban chuchote à Lithium :

– Bute-les ! Bute-les, putain !

– Ils sont deux avec des pistolets ! C'est mort ! On se cache et on attend.

– Bute-les !

– Mais ta gueule ! Il va nous entendre ! dit Lithium en désignant l'homme qui traîne le père dans leur direction.

– On les bute ! Confirme Alban, avec dans son regard quelque chose qui fait abandonner Lithium.

Lithium tend sa carabine au jeune homme.

– Moi d'abord. Vise là, murmure-t-il en lui touchant le ventre, une hauteur de main au dessus du nombril.

Il sort son couteau de chasse et contourne le buisson. L'homme le plus proche d'eux est de dos. Il observe son acolyte qui braille des insanités, le pantalon au niveau des chevilles.

– Laisse-toi faire salope ! J'vais t'apprendre à te barrer, p'tite chienne !

Lithium tient son couteau la pointe vers le bas, le tranchant vers l'extérieur. Alban tremble de tous ses membres, il sent la chaleur de son urine se répandre dans son pantalon et glisser dans ses chaussures. Il a la bouche sèche et sent son cœur battre au niveau des tempes.

Il se dit qu'il ne touchera rien dans cet état, malgré les leçons de son ami, et qu'ils risquent de se faire tuer par sa faute.

Lithium bondit dans le dos de son adversaire. De la main gauche il attrape le front du type et le tire vers l'arrière, avec son couteau dans la main droite, il lui perce la gorge par le

côté, avant de pousser la lame vers l'avant, pour la faire ressortir dans une gerbe de sang.
Le policier entend du bruit, et alors qu'il se dégage de la fille et se retourne, Alban tire, et le rate.
L'homme perd une seconde à se demander ce qui se passe. Il voit Lithium qui court vers lui sur le côté, pour ne pas être dans la ligne de mire d'Alban.
Il se jette vers son pistolet, l'attrape, et entravé par son pantalon baissé, il roule pour se mettre en position de tir couché sur le dos.
Avant qu'il ait pu viser Lithium, celui-ci termine sa course par un saut « rangers en avant » dans les côtes de son adversaire, lui faisant lâcher son pistolet.
Lithium reste allongé de tout son long, l'arrière de son crâne ayant tapé violemment le sol.
Le policier sonné récupère son arme, relève son pantalon et s'arrête une dernière seconde, foudroyé par une balle de 22 dans le crâne, puis s'écroule.

7 mois avant

Sylvestre

Noé roulait depuis bientôt trois heures. Suivant de façon très obéissante les directives de son GPS, il avait quitté les grandes voies pour se retrouver sur des petites départementales, filant au travers des bois. Côté dépaysement au moins, il n'était pas déçu. Le mois d'octobre colorait les arbres d'or et d'ocres, et il découvrait avec plaisir que la Bretagne n'était pas un endroit si plat qu'il l'avait cru. Quand la forêt s'éclaircissait, il apercevait de nombreuses collines verdoyantes traversées parfois de minces filets d'eau. Enfin, il avait trouvé le parking indiqué par Julie, vague espace rectangulaire, couvert d'une terre rouge, bordé par de jeunes chênes.
L'horloge de sa voiture indiquait treize heures vingt-sept, il avait une bonne demi-heure d'avance. Quoiqu'il arrive, il s'arrangeait pour être toujours ponctuel, question de respect. Ça lui permettait aussi de ne pas être pris au dépourvu et de voir les choses venir, plutôt que de les subir.
Il avait garé son monospace sur le parking vide et caché le GPS dans la boîte à gants. Un petit panneau en bois indiquait qu'il ne fallait rien laisser d'apparent dans les véhicules, mais il n'avait pas besoin de ça. « low profile », ne pas attirer l'attention, c'était pratiquement sa devise. Il s'inquiéta un instant de la possibilité que Julie ne vienne pas au rendez-vous. En l'attendant, il allongea le siège conducteur de sa voiture pour se reposer un peu, en jetant un œil de temps à autre dans le rétroviseur vers l'entrée du parking pour la voir arriver. Il profita de cet instant pour faire le point :

Centre de la Bretagne, milieu de nulle part. Forêt de Paimpont, dite Brocéliande. Haut lieu des allumés d'ésotérisme (oh putain !). Biotope intéressant, grande forêt, des lacs, des tourbières, des landes et des bocages...Rendez-vous avec une fille que je ne connais pas. Sur ses vidéos de bushcraft elle ne montre pas son visage. Elle a plutôt une voix agréable. Elle a surtout l'air de connaître son sujet.

Trois coups frappés à la vitre côté passager le firent sursauter. Tournant la tête brusquement, il découvrit celle qui devait être Julie, en se disant qu'il avait gravement foiré sa première impression. Un léger sourire sur son visage lui confirma qu'il avait déjà perdu un peu de crédit à son égard ; « Et merde ! »

Sortant de sa voiture, reprenant ses esprits, et un peu de contenance, il observa plus attentivement Julie. Il fut d'abord un peu déçu de se retrouver face à une si jeune fille ; une petite vingtaine d'années d'après son estimation, soit une grosse dizaine d'années d'écart avec lui. À lire son blog, il l'avait imaginée plus proche de lui. Et puis il y avait quelque chose d'un peu gênant à se faire enseigner la survie en forêt par une fille plus jeune que soi.
Considération stupide, loin de l'approche survivaliste se reprit-il. *Développer ses compétences, à tout prix.*
Sans être vraiment ce qu'il aurait appelé une jolie fille, Julie avait « quelque chose ». Passée l'apparence bobo écolo, ses fringues un peu trop larges semblaient cacher quelques rondeurs de jeune femme, dont le regard n'avait pas encore perdu un certain éclat enfantin. Elle avait des cheveux châtains longs et bouclés et portait un piercing à l'arcade sourcilière, petit brillant vert, qui faisait ressortir des éclats de cette couleur dans le brun de ses yeux.
Elle lui tendit la main :

– Julie, désolée de vous avoir fait peur. Vous devez être Noé ?

– Oui, c'est moi. On peut se tutoyer peut-être non ?

– Comme vous voulez... enfin comme tu veux.

– Je rêvassais, tu m'as juste un peu surpris. T'es pas venue en voiture ?

– Je n'ai pas de voiture. Quand je viens ici, je prends le train, le car et je fais du stop. Ça prend du temps, mais ça permet de mieux voir les choses. Je viens pour reprendre contact avec la nature, alors je ne suis pas pressée. Et puis je suis en vacances. Il y a un coin pas très loin d'ici qui me paraît pas mal pour le bivouac, j'en viens tout juste, je suis passée par la forêt, c'est pour ça que tu m'as pas vue venir.

– Qu'est-ce qu'on fait, je prends mon sac et je te suis ?

– Non, tu vas commencer par cacher ta voiture, dans le chemin qui donne sur le fond du parking, tu dois avoir la place pour la mettre. En fait, on n'a pas trop le droit de faire du camping sauvage à Brocéliande, et surtout pas d'allumer un feu, alors mieux vaut se faire discret.

Tandis que Noé déplaçait sa voiture, Julie se demanda si elle avait bien fait de suivre les runes. D'abord, il était plus vieux que ce qu'elle avait cru. Assez quelconque, son apparence pas tout à fait militaire mais un peu quand même, et son air strict, pas vraiment nécessaire, ne lui avaient pas fait une trop bonne impression. Brun, cheveux courts, les yeux sombres, un peu sur la défensive, après tout, c'était à quoi on pouvait s'attendre de la part d'un survivaliste. Il devait cacher une peur du monde en montrant les crocs, comme souvent ce type de personne, se dit-elle. Du reste, il avait quelque chose de canin : sans être plus petit que la moyenne, la largeur de ses épaules lui donnait un air courtaud, une filiation avec le chien de garde, croisé pour devenir servile et agressif, inadapté à l'éloignement des hommes. C'était justement pour ça qu'il était venu la voir : apprendre à vivre un peu plus à l'état sauvage. Il allait être servi.

– Ça te paraît bien ? demanda Noé en désignant la voiture tandis qu'il sortait son lourd sac à dos issu d'un surplus militaire.

– Ça ira. De toutes les façons y a pas grand monde dans le coin en ce moment ; ne serait-ce que pour ça, l'automne est bien mieux que l'été.

Noé suivit Julie, à travers la forêt. Elle semblait savoir parfaitement où elle allait sans se servir de boussole ou de carte. Elle avançait d'un pas assuré bien plus silencieusement que lui-même. Elle semblait à peine toucher le sol, jonché de feuilles mortes. Il se demanda comment elle parvenait à faire ça, et se dit qu'elle était sans doute moins lourde qu'il ne l'était avec son sac. Elle portait aussi des espèces de sandales de cuir, qui jouaient peut-être en sa faveur. Tout de même, pour vivre dans la nature, les sandales lui paraissaient une hérésie : ça ne protège pas le pied et ça ne permet pas de courir, un choix typique d'écolo. Tandis qu'ils marchaient l'un derrière l'autre, Julie ramassait des herbes et des branches mortes.

– J'essaie d'utiliser au maximum ce que je trouve sur place. Les herbes sèches et le lichen ça servira d'amadou. Il faut quelque chose qui brûle très facilement. On peut utiliser aussi de l'écorce de bouleau, du bois gras ou du vrai amadou.

– C'est quoi le bois gras et le vrai amadou ?

– Le bois gras, c'est du bois d'un arbre résineux, souvent un pin, saturé de sève, très inflammable. Tu peux en trouver dans des souches de pins ou en utilisant des branches basses cassées sur lesquelles la résine s'est agglutinée. En général c'est un peu orangé, ça sent la térébenthine et c'est un peu translucide. L'amadou c'est un gros champignon parasite sur certains arbres. Tu le laisses sécher et tu utilises l'intérieur pour démarrer le feu. Après la découverte du feu par les hommes, la découverte de l'amadou a été prépondérante pour la survie, parce que tu peux l'utiliser pour transporter de la braise pour refaire un feu. Avec ça, les hommes préhistoriques ont pu suivre le gibier sur de plus grandes distances, parce qu'ils pouvaient faire des campements sans s'inquiéter de ne pas avoir de feu.

Ils arrivèrent en surplomb d'un petit ruisseau après un quart d'heure de marche environ. En se rapprochant, Noé vit le sac à dos de Julie, laissé sur la grève couverte de cailloux et de grosses branches mortes.

– C'est là qu'on va bivouaquer si ça te va.

– C'est toi la spécialiste. Comment tu choisis l'endroit ?

– D'abord la présence d'eau en quantité suffisante, c'est essentiel. Ça nous permettra de boire une fois l'eau filtrée et bouillie, mais ça permet aussi de se laver et d'éteindre le feu. Ensuite on est un peu plus bas que le niveau de la forêt, c'est plus discret pour le feu, et même les odeurs de nourriture. Et puis je trouve le coin sympa. C'est important aussi.

– OK. On s'installe où exactement ?

– Où tu veux. A priori, on installe les couchages à une dizaine de mètres du ruisseau et un peu en hauteur par rapport à son niveau. C'est pour éviter une crue soudaine et les moustiques. Pour le feu, on le place entre ton couchage, le mien et le ruisseau pour qu'on bénéficie de la chaleur tous les deux, et qu'on ne soit pas trop loin de l'eau pour préparer les repas, faire la vaisselle et éteindre le feu. T'as prévu quoi pour dormir ?

– Un tarp et un sac de couchage. Ça te paraît bien ?

– Oui, oui, c'est très bien... Le prends pas mal, mais je trouve marrant que les gens disent un « tarp ». C'est juste une bâche dont tu vas te servir comme d'une tente non ?

– Oui si tu veux. C'est juste qu'il y a des tarps vendus avec des sardines et des piquets pour pouvoir les installer. Bon c'est vrai que moi, j'ai ni les piquets ni les sardines, alors OK, j'ai une bâche.

– C'est très bien une bâche ! Ça prend pas de place et c'est léger, c'est un très bon choix !

– Et toi tu dors dans quoi ?

– Un hamac. Et je mets une bâche par-dessus pour éviter la pluie. Ça me permet d'éviter le froid qui vient du sol et pareil, ça prend pas de place. L'inconvénient c'est qu'il faut trouver des arbres adéquats, mais ici ça devrait pas poser de problème. J'ai repéré ces deux aulnes qui vont me permettre de bien m'installer. Et toi, tu vas te mettre où ?

– Je ne sais pas trop, n'importe où.

– Idéalement utilise les éléments naturels sur place. La grosse souche, là, peut faire un mur de ta construction, tu vas t'en sortir ?

– Ouais, ouais, ça roule t'en fais pas.

Noé sortit de son sac son tarp, de la ficelle et une machette.

– Une machette ? dit Julie qui préparait son hamac. Tu

vas tuer quelqu'un ?

– C'est juste un objet utilitaire, pour couper des branches.

– Euh… en fait non, l'objet utilitaire pour couper des branches c'est ça ! dit Julie en lui montrant une hachette qu'elle avait dans son sac.

– Ouais, si tu veux.

Noé était un peu vexé de la façon dont Julie lui parlait. Elle ne le vouvoyait plus, mais il voyait bien qu'elle mettait une distance entre eux, qu'elle se moquait de sa façon martiale d'agir. Il n'était pas venu pour se faire une amie, mais quand même, la situation inhabituelle pour lui et le sentiment de se faire charrier par une jeune fille le mettait mal à l'aise. Il se remit à l'élaboration de son abri en allant dans la forêt couper quelques branches pour faire des piquets à coups de machette. Taper sur quelque chose le détendit un peu. Il se disait qu'en effet, le côté « arme » de la machette était sans doute ce qui l'avait fait choisir cet objet. Il se disait aussi qu'on devait pouvoir arriver à faire de beaux dégâts avec une hachette comme celle de Julie. Bon, après tout elle n'avait pas complètement tort.
Revenu au campement il installa son tarp comme elle le lui avait suggéré. Il tendit la bâche, du haut de la souche jusqu'au sol, à l'aide de sa ficelle et de ses piquets. Il laissa une ouverture sur le devant et referma l'arrière avec des morceaux de bois morts. L'espace obtenu devait faire à peu près deux mètres cinquante de long, sur un mètre de large, avec à peine un mètre de haut au sommet. Un petit volume facile à réchauffer se dit-il. Il mit aussi des branches souples de résineux sur le sol pour lui servir de matelas et lutter contre le froid du sol, comme il avait vu Julie le faire dans une de ses vidéos. Contemplant fièrement son œuvre achevée, il en apprécia la discrétion obtenue par l'utilisation d'éléments naturels et de son tarp vert. Enfin, il mit son sac à l'intérieur et étendit son sac de couchage.

À quelques pas de lui, Julie avait fini la pose de son hamac. Un mètre au-dessus de celui-ci, elle avait tendu une corde entre les arbres sur laquelle reposait un tarp orange (une bâche), maintenu en l'air, comme une tente canadienne, grâce à des branches et des haubans. Sous cette tente, elle avait tendu une autre corde à laquelle elle avait suspendu ses affaires, à l'abri de la pluie.

– On prépare le feu ? La nuit va commencer à tomber d'ici une heure et demie environ, c'est bien de se laisser une bonne marge, lui dit-elle. Je te laisse faire ?

– Pas de problème.

Julie laissa Noé commencer à faire le cercle de pierres et s'en alla chercher du bois mort pour le feu le long de la grève. Il ramassa quelques gros morceaux de granit et les assembla pour préparer le foyer. Il savait qu'en fonction du vent il fallait le faire plus ou moins haut et qu'il fallait surtout bien l'isoler de tout ce qui pourrait commencer un incendie ; d'autant plus qu'il allait dormir assez près de celui-ci pour pouvoir l'alimenter et profiter de sa chaleur. Quand Julie revint les bras chargés de bois (plutôt solide pour une fille se dit-il) elle eut l'air satisfaite. En tout cas suffisamment satisfaite pour ne pas lui faire de remarque désobligeante.

– C'est parfait ! Je vais te montrer comment démarrer le feu. Surtout, l'erreur à ne pas faire, c'est de ne pas avoir bien préparé le combustible et le foyer. Y a rien de plus con au monde que d'arriver à avoir des flammes et de ne pas savoir quoi en faire. On prépare donc le petit bois dans ton cercle de feu pour y mettre au plus vite possible l'amadou qui brûlera. Je vais utiliser ce que j'ai trouvé ici.

Elle sortit de la poche de sa veste quelques herbes, écorces de bouleau, et morceaux de lichen qu'elle frotta dans ses mains. Elle obtint une espèce de boule légère et homogène dont elle étira les fibres et qu'elle déposa à l'intérieur du cercle de pierres. Elle prit ensuite une tige noire de quelques centimètres de long qu'elle portait attachée à un lacet autour de son cou.

– Un firesteel ? Je comprends que tu te moques de ma machette, mais un firesteel ! Ça c'est vraiment un objet inventé pour les bushcrafteurs. Je croyais que tu allais utiliser une méthode par frottement du bois, ou un truc avec des silex, mais un firesteel !

– T'as idée de comment c'est difficile de faire du feu avec une méthode préhistorique ?

– Alors utilise un briquet !

– C'est pas naturel comme méthode !

– Parce que le firesteel c'est naturel ? Ca pousse où les firesteel ?

– Non ce que je veux dire c'est que c'est proche de la méthode qui consiste à faire des étincelles avec des silex, là, c'est une friction avec un objet métallique.

– Moi j'ai un briquet ! C'est aussi une pierre frottée contre un truc métallique, sauf qu'en plus ça fait une flamme. Et puis t'as payé ça combien ? 10 euros ? Pour le prix tu pourrais t'acheter 5 briquets ! De quoi allumer autant de feux qu'avec ton firesteel, mais plus facilement !

– Si t'aimes pas ma façon de faire, tu peux aussi bien te débrouiller tout seul. T'as vu mes vidéos, tu t'es renseigné sur la vie dans les bois, t'as pas besoin de moi.

– J'ai mieux pris ta réflexion sur ma machette, que toi, celle sur le firesteel… On n'a pas la même approche des choses, on le sait, on arrête de se prendre la tête ?

– T'allumes le feu avec ton briquet ?

– Allez, fais-toi plaisir ! Montre-moi comment tu t'y prends avec ton gadget !

Avec une moue boudeuse, Julie frotta son firesteel avec le dos de la lame de son couteau en faisant de grosses étincelles qu'elle dirigeait vers sa pelote d'amadou. Elle dut recommencer une bonne dizaine de fois avant de parvenir à créer une toute petite braise fumante. Elle prit l'amadou dans le creux de ses mains, délicatement, comme s'il s'agissait d'un petit animal fragile, et souffla sur la braise de façon progressive. Les herbes sèches produisirent une fumée de plus en plus dense jusqu'à l'apparition de la première flamme. Elle plaça ensuite l'amadou brûlant au centre d'une pyramide composée d'écorces et de petites branches bien sèches, et le feu commença à crépiter dans leur campement. La danse des flammes et l'odeur de bois brûlé, alors que la luminosité commençait à baisser, apportèrent un peu de chaleur dans la tension qui s'était installée dans le bivouac.

– Je reconnais que c'est une jolie façon de faire le feu, dit Noé.

– OK, c'est pas tout à fait naturel, mais j'aime bien que ce soit quelque chose d'un peu compliqué à faire. Ça aide à se rappeler que l'homme n'a pas toujours obtenu la lumière, la chaleur et la protection en appuyant simplement sur un bouton.

– Je comprends ça.

– Le feu est un élément de la nature ; un élément qui permet de détruire ou de créer, ça dépend de celui qui l'utilise. Je le respecte pour ça. C'est grâce à lui que je fais du savon par exemple, ça doit t'intéresser pour la survie ça, non ?

– Oui bien sûr, tu me montreras ?

– Si tu veux, c'est assez simple. Il faut de la cendre blanche (et donc du feu) à laquelle tu rajoutes de la sève de conifère, parce que ça a des propriétés antiseptiques. Tu casses une branche déjà morte d'un pin ou d'un sapin et tu la tailles en biseau ; avec ça tu piques dans les nervures de l'arbre, ou si tu n'en vois pas, n'importe où dans le tronc pour gratter un peu de sève. Quand tu en as assez, c'est-à-dire à peu près un, ou deux centimètres carrés, tu les mélanges à la cendre dans une gamelle, que tu mets à bouillir avec de l'eau. Tu verras c'est hyper efficace, et ça sent bon. Tu peux aussi utiliser ça comme lessive.

– Ca a l'air facile.

– C'est facile, il suffit de le savoir. Evite d'abîmer inutilement l'arbre sur lequel tu prélèves la sève et ne détruis pas la forêt avec ton feu et tu seras un véritable bushcrafteur !

– Je comprends ton respect de la nature, et même, il me paraît évident qu'il faut la protéger autant que possible, ne pas la détruire et laisser les lieux visités aussi propres que quand on les a trouvés, mais pour toi ça va plus loin, j'ai l'impression que tu as presque un rapport religieux avec la forêt ou le feu.

– C'est vrai. Tu trouveras peut-être ça étrange, mais

dans cette idée de respect, et de souvenir pour tous mes anciens feux de camp, je garde de chacun d'eux un morceau de charbon que je remets dans le foyer suivant. Comme ça ils appartiennent tous à la lignée de mes feux et me protègent.

– Ouais, c'est spécial comme idée, mais pourquoi pas. On fait la tambouille ?

– La tambouille ?

– On prépare la bouffe, quoi.

– C'est parti ! Pour ce soir, on a l'eau et la nourriture qu'on a apportées. Demain, on renouvelle le stock d'eau et idéalement on mange ce qu'on trouve dans la forêt. Ou on ne mange pas !

Julie montra à Noé comment fabriquer une potence pour faire cuire des aliments sur le feu. Profitant des derniers instants de lumière que le jour leur accordait, ils mirent à la broche les blancs de poulet -issus du supermarché de Noé- qu'ils accommodèrent avec des herbes de Provence. Julie avait apporté des haricots qu'ils firent mijoter dans une popote, et des pommes (bios) qu'ils firent à la broche.

Quand la nuit commença à tomber, ils avaient fini leur repas. Avec la baisse de la luminosité, ils avaient commencé à parler moins fort, jusqu'à pratiquement chuchoter. Noé regretta un peu d'avoir le ventre plein ; ça ne correspondait pas vraiment avec l'image qu'il se faisait de la survie. Mais il se dit que les prochains repas seraient plus frugaux, puisqu'ils dépendraient de ce qu'ils trouveraient. Julie qui n'avait pas voulu manger de viande devait être moins rassasiée. Assis côte à côte, entre le feu et leurs couchages respectifs, ils passèrent un long moment en silence, profitant du bruit calme de l'écoulement du ruisseau, du souffle du vent dans les arbres et du chant d'oiseaux nocturnes. Le froid accentué par l'humidité se fit plus fort et instinctivement, ils se rapprochèrent du feu. Prolongeant cet instant de silence, Julie roula un joint qu'elle alluma en se penchant vers les flammes qui rongeaient une longue bûche que Noé venait de mettre. Un instant, il craignit qu'elle ne s'enflamme les cheveux. La forte odeur de cannabis, comme Julie soufflait de longues

volutes de fumée en regardant les étoiles, donna quelque chose d'irréel au moment. Noé échangea sa flasque de whiskey contre le joint que Julie lui tendit. Il tira de petites bouffées du calumet de la paix, de peur d'être plongé dans un état qu'il ne contrôlerait pas. Comme il avait à peine deux mètres à faire pour aller se coucher, il se dit qu'il allait y arriver. Il tira donc encore quelques lattes sur le deuxième joint et but deux ou trois autres gorgées de whiskey, dans lesquelles une demi-heure peut-être se dilua.
Plongé dans l'irréalité de la situation, et dans l'observation des flammes, il vit Julie se lever au ralenti, se souvint qu'elle venait de lui dire qu'elle allait se coucher, murmura un « bonne nuit » dont il se demanda longtemps s'il avait bien fait de le prononcer, puis, si même il l'avait prononcé. Resté seul au coin du feu, il finit par rejoindre son abri, se glissa dedans, retira ses chaussures et ses chaussettes. La fille lui avait dit de ne surtout pas garder ses pieds humides, merde il lui avait dit « bonne nuit » ou pas ? Il vérifia qu'elle n'était pas encore assise près du feu, elle n'y était plus, d'ailleurs il lui avait souhaité une bonne nuit, se tortilla pour rentrer dans le sac de couchage, se dit qu'il aurait froid, se souhaita une bonne nuit, merde c'est bizarre de souhaiter une bonne nuit, on ne fait plus ça passé douze ans, non ?

Un peu d'air frais coulant dans l'abri de Noé le réveilla. Il avait la bouche pâteuse et des abeilles dans le crâne. Il se dit qu'il faudrait qu'il remette du bois dans le feu. Il entendit un bruit léger de déplacement qui venait du cercle de pierres et espéra que c'était Julie qui alimentait le foyer. Et pas un cerf ou un sanglier. La vision de Julie avec une tête de cerf lui fit perdre quatre bonnes secondes.
Il glissa sa tête hors de l'abri.
Elle était là, devant lui. Elle lui tournait le dos. Il se demanda comment elle pouvait monter et descendre de son hamac après avoir bu et fumé. Question d'habitude sans doute. Lui ne se sentait pas trop capable de grand-chose. À peine sûr d'être là à observer. Après tout, il était peut-être un mètre derrière en train de faire un rêve étrange.

Elle semblait vacillante tout de même, comme absorbée dans la contemplation du feu qui mourait. Ou peut-être était-ce lui qui n'était pas stable. Elle était pieds nus et portait un short beige et un débardeur blanc.
L'ondulation du corps de Julie s'accentua, de gauche à droite, il se demanda si elle chantait. En tout cas, elle marmonnait quelque chose, comme un son guttural, étonnamment grave. Elle retira son débardeur, et comme elle tournait en dansant lentement autour du feu, Noé vit dans la lueur mourante des flammes ses petits seins ronds et sur son dos un tatouage représentant un vieil arbre survolé d'oiseaux.
Julie ne semblait pas faire attention à lui, comme s'il n'était pas là. Face à lui, le visage et le torse colorés d'éclats pourpres et d'ombres offertes par le rougeoiement des braises, elle retira son short et sa culotte de coton blanc. Noé était paralysé, spectateur d'une scène dont la magie érotique le fascinait, mais à laquelle il était étranger. Poursuivant ses mouvements lascifs, Julie s'avança dans le cercle de feu et de ses pieds nus, tournant sur elle-même, elle fit jaillir des étincelles de braises qu'elle frappait avec les pieds. La scène dura quelques secondes pendant lesquelles le cœur de Noé sembla manquer quelques pulsations. Enfin, elle ramassa quelque chose à ses pieds, sans doute un morceau de charbon, et sortit du foyer. Remettant ses vêtements, Noé crut croiser l'étincelle de son regard et eut honte comme un gosse pris en faute. Elle remit quelques bûches et remonta dans son hamac.

19 mois après

Table ronde

Les membres du groupe se sont réunis dans la salle à manger. Marion et Mélissa ont été envoyées dans leur chambre. Alban s'est changé pendant que Lithium expliquait rapidement la situation à Noé et Julie. Ils sont maintenant assis autour de la table avec Cyril et Manon. Sentant la tension et la fatigue, Manon a fait bouillir de l'eau dans laquelle elle fait tremper des carottes torréfiées. Cyril lui a appris cette technique pour faire un ersatz de café. Lui-même la tient d'un livre sur la vie en France pendant l'occupation.

– C'est une énorme connerie que vous avez faite, commence Noé. On avait dit : « Pas de contact avec l'extérieur ! On reste discrets ! On ne se fait pas remarquer ! »

– C'est ma faute, dit Alban. J'ai obligé Lithium à intervenir.

– T'as obligé Lithium ? explose Noé. Avec tes cinquante kilos tout mouillé ? T'as pas dû le pousser beaucoup pour que ça finisse en bain de sang !

– Tu peux pas écouter Noé ? Je t'ai expliqué ça ! On était juste à côté, les mecs auraient pu nous repérer. Quand la fille a commencé à se faire violer, Alban a vu rouge. Si j'intervenais pas, il aurait fait le con et on était peut-être morts tous les deux, ou esclaves de leur connerie de « meute » !

– C'est une situation dans laquelle aucune bonne solution n'était possible, dit Julie, mais au moins ils ont protégé des innocents.

– T'es gentille, répond Noé, ta philosophie « peace and love » tu t'la fous dans le cul ! On va avoir des putains d'ennuis ! On est dans ma base ! Je me suis fait chier à mettre tout ça en place ! Vous avez pas idée comment ! J'ai acheté cet endroit ! Avec Cyril on a créé tout ça et on vous a accueillis ! Cette base, c'est le seul moyen pour nous et nos enfants d'être en sécurité ! Et vous avez tout détruit !

– Tu te calmes Noé ! crie Julie. Tu me parles un peu mieux quand tu viens dans ma chambre parce qu'il fait froid dans la tienne ! Tu te calmes et on réfléchit.

– J'ai tué un homme cet après-midi, sanglote Alban.

– Je sais, je sais, lui répond sa sœur. Bon, c'est peut-être pas nécessaire que tu restes là, va te reposer.

Les cinq adultes se regardent gênés. En quelques heures, la situation relativement stable dans laquelle ils s'étaient installés vient d'être remise en question.

– Et donc, vous les avez emmenés au village ? reprend Julie.

– C'est là qu'ils voulaient aller, répond Lithium. Qu'est-ce que je devais faire ? Les emmener ici ?

– Qu'est-ce qu'ils ont dit au village ? Ils vous ont demandé d'où vous veniez ? demande Cyril.

– Oui, mais on n'a rien dit. Sur le chemin, le maraîcher et sa fille nous ont expliqué ce qu'ils avaient vécu depuis quelques mois : l'esclavage, les coups, le viol et le meurtre de sa femme qui ont précipité leur départ. Ils ont demandé de l'aide aux villageois, c'est là qu'ils s'enfuyaient. « La meute », l'espèce de groupe qui les détenait veut conquérir du territoire. Ils veulent plus de bras pour cultiver pour eux, avec le surplus alimentaire ils veulent faire du troc pour devenir de plus en plus puissants. C'est pour ça qu'ils préparent l'attaque du village depuis une semaine. D'après la fille c'était prévu pour d'ici deux ou trois jours ; avec la mort de deux de leurs hommes ça risque de se faire plus tôt. S'ils arrivent à prendre le village, tôt ou tard ça sera à notre tour. Ils font des rondes, du repérage. A priori ils ne savent pas qu'on existe, mais ça ne durera pas.

– Surtout que maintenant le village est au courant qu'il y a un groupe qui vit pas loin ! Fallait pas intervenir, putain ! reprend Noé. Et puis c'est quoi cette « meute » ? On sait combien ils sont ?

– D'après le maraîcher, ils sont une vingtaine d'hommes à peu près. Quand ça a été l'anarchie dans les villes, certains groupes se sont constitués ; d'abord pour se protéger, ensuite pour piller les magasins et enfin racketter les citoyens. S'il a bien compris, au début c'était deux groupes séparés : d'anciens policiers d'un côté, et de l'autre, un groupe d'anciens délinquants. Quand il n'y a plus rien eu à voler dans la ville où ils étaient, ils ont uni leurs forces pour aller dans la campagne. Ils savaient qu'ils trouveraient de la nourriture et un endroit pour faire une base. Ils veulent devenir des genres de seigneurs du coin, nourris par des esclaves. Ils sont armés aussi. Sur les deux qu'on a tués, on a récupéré ça, dit Lithium en posant son pistolet sur la table. Sig-Sauer, 9 millimètres ; arme en dotation dans les forces de l'ordre françaises. Un très bon flingue. J'en ai déjà eu un. J'ai pris celui-là, j'ai donné l'autre au maraîcher.

Julie semble abattue, aussi inquiète pour son frère que pour la situation du groupe en général. Manon qui n'a encore rien dit intervient :

– On savait qu'un jour ou l'autre il faudrait qu'on sorte. Tôt ou tard il faudra qu'on fasse du troc. En ce qui concerne l'eau, on est autonomes grâce au puis et à la récupération des eaux de pluie. On s'en sort aussi pour l'irrigation en détournant l'eau de la petite rivière. On a encore quelques réserves de nourriture : des boîtes de conserve et de la viande séchée ; mais on va manquer un jour ou l'autre de quelque chose. On est une petite structure. Qu'est-ce qui va arriver si notre stock de pommes de terre pourrit, ou se met à germer ? Si l'un d'entre nous se blesse sérieusement et qu'on a besoin d'un médecin ? On a pratiquement plus de sel pour conserver la viande, pareil pour l'huile et on n'a pas un stock infini de bocaux. On doit trouver des alliés.

– Qu'est-ce qu'ils vous ont dit au village ? demande Noé.

– Ils ont dit qu'ils allaient attaquer en premier, demain matin à l'aube, répond Lithium. Cette nuit ils vont garder la ville, mais ça m'étonnerait qu'ils soient attaqués. C'est plus facile de défendre que d'attaquer dans le noir. Et puis, la meute va se demander ce qui lui arrive et chercher ses deux membres disparus. Demain par contre...

– Et demain quoi ? On va avec eux se faire buter ? Et ils sont combien dans ce village ? Ils sont armés au moins ?

– Alban et moi on a discuté avec l'ancien maire du village. Un type qui a l'air bien, la soixantaine, genre ancien notable, mais sympa. Il nous a dit qu'après la grande crise, une bonne partie de la population a quitté le village pour rejoindre des petites villes ou des villages plus importants. Quelques personnes sont venues des villes aussi pour venir s'installer dans le village, mais beaucoup de maisons sont vides. En gros il doit y avoir deux cents ou trois cents habitants. Je peux pas te dire combien sont armés, on verra demain.

– Donc pour toi, c'est évident, on y va ?

– On n'a pas le choix, répond Lithium, après le village, il leur faudra combien de temps pour venir jusqu'à nous ? On est huit, comment tu crois qu'on résistera ?

– Alors qu'est-ce que vous voulez qu'on fasse ? demande Noé, on vote ?

– Qui vote pour aller aider le village ? demande Lithium en levant la main, rejoint par Julie, Cyril et Manon.

– OK, alors on y va, dit Noé. Mais qui y va ?

– On a quatre armes à feu, dit Cyril : une 22, deux 12 et le pistolet que Lithium a ramené. Je pense que trois personnes peuvent y aller, et on laisse quelqu'un ici, avec un des fusils de chasse, au cas où. Lithium tu y vas, de toute façon t'es le seul à avoir pris contact avec le village, et puis t'es le spécialiste de l'armement. Je viens avec toi, si tu veux bien, je prends le pistolet.

– Pas de problème, répond Lithium, qui semble pourtant se séparer avec regret du Sig, qu'il fait glisser sur la table vers Cyril.

– Et je viens avec vous avec mon 12, conclut Noé. On laisse un fusil aux filles ou à Alban.

– T'es pas obligé de venir, dit Lithium. Si tu ne veux pas intervenir, tu protégeras ceux qui restent là.

– Ouais, et qui y va alors ? Lithium, Cyril et qui ? Manon ? Comme ça si elle se fait descendre avec Cyril, vu qu'ils y connaissent rien au niveau des armes Mélissa n'a plus de parents ? Ou alors Julie ? Elle qui veut pas prendre la vie d'un lapin, elle va sûrement aller buter des gens ! Il reste qui ? Marion, Mélissa et Alban. Vous croyez que j'ai le choix ? Et puis, s'il y a des discussions avec les gens du village, je veux être là. Je pense qu'on n'a pas trop le choix, demain ça sera Lithium, Cyril et moi.

– Alors en cas d'attaque, on est deux femmes et trois enfants ici ? demande Manon.

– Alban c'est un enfant qui a tué un flic cet après-midi, dit Lithium.

– Un ancien flic ! reprend Julie. Et t'as vu dans quel état il est maintenant ? Ça serait pas mal qu'un de ceux qui savent bien se servir d'une arme reste là. Qu'est-ce qu'il se passera s'ils décident de nous attaquer nous en premier ?

– Ils savent pas qu'on existe, c'est super improbable, dit Cyril.

– Et si vous vous faites descendre tous les trois ? Vous pensez aux filles ? Elles perdront leur oncle et leur père en même temps. Alors qu'est-ce qu'on fait ? reprend Manon. Le mieux, c'est que je prenne la place de Cyril, au moins si ça se passe mal, il pourra partir avec les enfants.

– Si ça se passe mal, il ne faut pas partir ; vous crèverez de faim tôt ou tard. Si ça se passe mal, il faut accepter la loi du plus fort, devenir des fermiers de la meute et essayer de survivre comme ça, répond Cyril. C'est la seule solution.

– Alors ça sert à rien de laisser une arme ici, dit Julie. Et Manon a raison, un des hommes doit rester, Cyril ou Noé parce que c'est eux qui savent le mieux cultiver, et que si on est pris par la meute ils pourront négocier de rester en vie en échange de leur travail. Manon aussi tu dois rester pour t'occuper des filles ; moi c'est pas pareil, Alban est plus grand. Il pourra se débrouiller.

– T'es sûre Julie ? demande Noé. Tu pourras tirer sur des gens ? Toi qui ne peux même pas manger de la viande ?

– C'est moi ou Manon… et elle est mère. Et puis j'emmènerai des bandages et des huiles essentielles pour désinfecter les plaies, comme ça, je ne serai pas qu'une meurtrière.

– J'aurais jamais cru ça de toi, dit Noé. Sérieusement, tu vas venir faire la guérilla avec Lithium et moi ? Tu crois que tu pourras tirer sur des gens pour les tuer ?

– On n'a pas le choix. Soit on gagne, soit ils gagnent et tout ce qu'on aura construit ensemble sera détruit. Les choses vont changer à partir de demain. J'espère qu'on va aller vers une coopération avec le village, peut être même avec d'autres villages ensuite ! En tout cas la base isolée telle que tu l'as rêvée Noé, c'est fini.

– Ça je l'ai bien compris. En tout cas, si on gagne demain, laissez-moi parler avec les représentants du village. Je suis pas sûr qu'on doit tout leur dire tout de suite, par exemple où on vit et comment on s'y prend. Laissez-moi gérer ça s'il vous plait.

– Ça m'va, dit Lithium. T'inquiète pas, on respecte tout ce que t'as fait pour nous, on va pas tout détruire maintenant.

– Je vois pas de quoi tu as peur, reprend Julie. Si on se fait des alliés, ça peut être que positif. Mais si tu y tiens, c'est bon pour moi, on te laisse faire.

– OK, j'apprécie. C'est pas simple pour moi. Ça va à l'encontre de tout ce que j'avais prévu. J'ai fait des choix pour me protéger et protéger ma famille ; cette base, j'ai fait ça dans l'urgence et c'était sûrement pas parfait, mais bon, on a survécu grâce à ça. Bref, donc on y va demain avec toutes les armes, Lithium et moi, parce qu'on est les meilleurs tireurs, et Julie, même si ça ne me plaît pas trop que tu viennes.

7 mois avant

L'art et la manière

Les aiguilles lumineuses de la montre de Noé indiquaient 8H37. Il allait avoir besoin de motivation pour sortir de son abri. Sans qu'il ait plu durant la nuit, l'humidité et le froid, alliés à un couchage trop dur, lui avaient donné l'impression de ne pas avoir vraiment dormi, mais plutôt de s'être reposé longuement. Il se demanda un instant s'il avait rêvé la scène avec Julie dansant nue au milieu du cercle de feu. Mais la précision avec laquelle les détails de son anatomie s'étaient incrustés dans sa mémoire dissipa son doute (mais pas son érection matinale). Au moins se sentit-il vivant, en tout cas suffisamment pour changer ses fringues de la nuit, enfiler un jean, une polaire, un k-way et sortir. Il se demanda comment l'aborder après ça.

Sortant à quatre pattes de son abri, il la vit assise en tailleur au bord de l'eau. Elle semblait jouer avec des cailloux ou quelque chose comme ça. Probablement un truc de sorcière, se dit-il. Plutôt que de la déranger, il mit à bouillir le dernier litre d'eau potable dont il disposait. Avec ça il pensait s'offrir, et offrir à Julie, un café en petites dosettes qu'il avait piquées dans un hôtel. Il avait pas mal fréquenté les hôtels dernièrement. Est-ce que c'était une chose dont il pouvait parler avec elle ? Il verrait bien.
Justement elle revenait vers lui, souriante, beaucoup moins gênée qu'il ne l'était lui-même.

– Bien dormi ? lui demanda-t-elle.
– Ça va, et toi ?
– Ça va. Je dors toujours bien dans les bois.
– Un café ?
– Non merci. Par contre je vais profiter de ton eau

chaude pour me faire une infusion si tu veux bien.

– Pas de problème. Si c'est pas indiscret, tu faisais quoi ?

– Tu veux dire là maintenant, ou cette nuit ?

– Euh non là... bredouilla Noé en baissant les yeux et en se maudissant pour la sueur qu'il sentait perler sur son front.

– Ça va détends-toi. Me rapprocher de la nature, c'est pas qu'une sorte de hobby pour moi. C'est même plus qu'un art de vivre, c'est pratiquement une religion. Ça peut paraître bizarre, mais c'est comme ça. Pour être claire avec toi, ce matin je tirais les runes, et cette nuit, « la danse du feu qui meurt », c'est une sorte de méditation pour attirer sur moi la protection du feu et de la forêt. Je sais que tu ne comprends pas ça, mais c'est pas grave. Accepte, c'est tout.

– J'ai rien à accepter, tu fais ce que tu veux de ta vie et de ton corps.

– C'est vrai. Je me sens libre. En général, je suis plutôt pudique, je ne me balade pas partout à poil. Juste là, j'ai ressenti le besoin de le faire. De toute façon je n'ai pas honte de mon corps. Tu penses que je devrais ?

– Ça t'amuse de me mettre mal à l'aise, on dirait.

– Oui, et je note que tu ne réponds pas à ma question... Je pense que c'est en poussant les gens dans leurs retranchements qu'on voit qui ils sont vraiment et j'aimerais savoir un peu mieux qui tu es. Par exemple, tu fais très attention à ce que je pense de toi. Tu n'arrêtes pas de t'inquiéter de l'image que tu me renvoies. Ça m'étonne pour deux raisons : d'abord, t'es un survivaliste, tu devrais être dans l'efficace, la recherche de techniques, la survie, la préparation à tuer tes voisins en cas de besoin, ce genre de choses... Et ensuite tu ne devrais pas te soucier de mon avis. Pour toi, je suis une gamine vaguement allumée, rien d'important. À moins que t'aies juste envie de me sauter.

– C'est marrant, je pensais qu'on allait parler survie en forêt, pas psychanalyse de comptoir. Je vais faire dans l'efficacité pour te faire plaisir et coller à l'image de débile que tu te fais des survivalistes : je ne suis pas venu pour me faire des amis, c'est vrai. Tu me prends pour un con et j'aime pas trop ça, mais c'est pas grave. T'as quoi ? Une petite vingtaine d'années ? T'as le temps d'apprendre à revenir sur tes préjugés. Tu m'as catalogué dès que tu m'as vu : vieux, con, borné, et je m'en fous ; on fait tous rentrer les gens dans des cases. Pour moi t'es une immature, écolo, naïve, vaguement sorcière ou un truc du genre... Tout ça je m'en fous. Par contre, je sais pas à quoi tu joues avec moi et ça me saoule. Mais c'est pas grave, j'apprends déjà beaucoup avec toi ; je vois comme ça risque d'être dur la survie si t'es avec des gens avec qui tu t'entends pas trop !

– La survie c'est ça aussi. On essaye d'analyser les gens qui nous entourent pour détecter un danger potentiel non ?

– Mouais. Tu marques un point, c'est pas con.

– Et puis c'est pas comme si on était dans une situation ou tu risquerais de me buter si t'étais pas d'accord avec moi.

– C'est sûr que si on était dans une vraie situation de survie, je t'aurais déjà butée.

– Sérieux ?

– Bah oui. En plus, en situation de crise, tu représentes un apport en viande pas négligeable.

– Ah, c'est pour ça... J'ai cru que tu me regardais cette nuit, en fait tu évaluais juste ma quantité de viande !

– Exactement ! C'était juste une démarche de survie !

– Ça va alors... Mais reconnais que je te plais.

– Je croyais que c'était moi qui étais inquiet pour mon image, en fait t'es pareille ?

– C'est différent. Tu peux pas comprendre.

– Explique-moi.

– C'est compliqué. Tu vas te foutre de moi.

– Au point où on en est...

– Je tire les runes. Je te l'ai dit, c'est ce que je faisais ce matin. Elles n'arrêtent pas de me parler de toi. Elles me disent qu'on est liés. Tout à l'heure encore je les interrogeais par rapport à toi, et elles m'ont dit de me méfier de toi, que tu étais quelqu'un qui portait quelque chose de très obscur, de néfaste. Ça rend les choses compliquées avec toi. Pourtant j'ai tiré aussi « wunjo » et ça, ça veut dire qu'on est liés par quelque chose, qu'on fait ou qu'on fera partie d'un groupe, d'une famille ou d'un clan en commun. C'est pour ça que j'espère qu'on ne se quittera pas fâchés, c'est pour ça que j'espère te plaire un peu, que tu ne m'oublieras pas, parce qu'un jour ou l'autre on aura une sorte de lien. En tout cas c'est ce que disent les runes.

– Et elles ne se trompent jamais ?

– Jamais.

Après un petit-déjeuner frugal (café pour Noé, infusion et pomme pour Julie) ils se lancèrent dans l'opération « hydratation ». Noé connaissait les micro-pilules miracles, qui rendaient l'eau pure et permettaient de la garder potable pendant 6 mois, il en avait déjà un stock important. Mais Julie devait lui montrer comment faire sans matériel spécifique.

– Bon, le choix de l'eau d'abord. Si possible pas d'eau stagnante : une eau souillée par des déjections d'animaux ou des cadavres est super dangereuse. En plus, les saletés que tu risques d'attraper peuvent se manifester plusieurs jours après l'ingestion, et là t'es parti pour des maux de ventre horribles, chiasses, la tête qui tourne... autant dire qu'en cas de situation de survie t'es mal. Donc de l'eau vive, vivante, idéalement claire, même si ça ne veut pas dire qu'il n'y a pas de saloperies dedans. Tu la sens aussi. T'as peu de chances de trouver de l'eau qui sente rien, mais certaines odeurs doivent te convaincre de ne pas y toucher, comme les odeurs d'animaux morts. Sinon, une bonne technique c'est de creuser un trou à 1m50, 2m de ton point d'eau. De l'eau va monter dans le trou et elle sera filtrée en partie par la terre et le sable. Ça sera sûrement pas de l'eau claire, mais bon, c'est déjà pas mal, tu évites quelques cochonneries des eaux stagnantes.

– Ici alors tu proposes quoi ? demanda Noé.

– On prend de l'eau dans le courant, pas trop près du bord pour éviter les cochonneries qui flottent le long de la rive.

Ils remplirent chacun une de leurs bouteilles en plastiques et retournèrent près de leur feu de camp. Julie sortit une bouteille de plastique vide de son sac et reprit sa leçon, joignant le geste à la parole :

– Ensuite on filtre. L'idéal c'est d'avoir gardé une bouteille en plastique, comme celle-là. Tu lui coupes le fond et tu la retournes. Au niveau du bouchon, tout en bas, tu mets un gros caillou pour empêcher que ce qui est au-dessus ne tombe. Tu peux mettre aussi du tissu. Au-dessus de ça, une couche de graviers, une couche de sable, une couche de charbon bien écrasé (hallucinant comme c'est important le charbon !) une couche de tissu (tu déchires un bout de t-shirt ou de chaussettes, personnellement j'éviterais les chaussettes, mais tu fais comme tu veux), encore du sable et des graviers.

– C'est une recette personnelle ?

– Pour l'ordre des ingrédients un peu, oui. Ensuite tu fais couler de l'eau dans ton filtre et tu retires le bouchon.

– Oui ça j'm'en serais douté.

– Et tu laisses couler par terre les premiers 50 cl. On récupère le reste dans la marmite qu'on fait bouillir pour tuer tout ce qu'il pourrait y avoir dedans.

– C'est tout ?

– Non, on va rechercher de l'eau avec les mêmes bouteilles et au fur et à mesure on remplit les bouteilles qu'on n'a pas encore utilisées. Ensuite on laisse refroidir et on peut aller dans les bois, pendant que le loup n'y est pas, pour chercher à manger. D'ailleurs en parlant de loup, t'es armé ?

– Là maintenant ? Non. A l'heure actuelle, je ne possède pas d'arme à feu. De toute façon, on n'est pas dans une vraie situation de survie, en vrai danger. On s'entraîne, on joue à, mais on ne survit pas. Donc pour l'instant j'aurais plus de risques à me balader avec un flingue que sans. Tu sais, il y a des gros tarés chez les survivalistes, mais on ne l'est pas tous. Par contre on pense qu'une situation où on pourrait avoir besoin de flingues pourrait arriver, alors on se prépare. Moi j'ai une fille. Je me sens responsable d'elle, comme tous les pères, j'imagine que tu peux comprendre ça. Et bien il me paraît pas invraisemblable qu'une pénurie de bouffe par exemple, pousse des gens à venir voler chez moi. Ce jour-là je préfère pouvoir défendre ma fille et ce dont elle a besoin pour vivre. Je ne sais pas si tu t'intéresses à la politique, à l'économie… mais moi oui, et je vois quantité de choses qui pourraient arriver et qui conduiraient à devoir se débrouiller seul, sans aide de l'état, de la police, de la médecine…

– Moi, je ne vois pas. Pourtant je ne suis pas une optimiste forcenée, je vois bien qu'on est en train de pourrir la planète, mais je pense qu'on pourra rattraper les choses avant qu'il ne soit trop tard.

– OK, admettons que tu aies raison, que le cataclysme ne vienne pas de grandes causes comme un désastre écologique ou même une guerre. Notre système économique planétaire est devenu une construction à la fois omniprésente et hyper-fragile ; le moindre petit caillou dans un des rouages peut tout faire péter.

– A quoi tu penses ?

– Bientôt les états interdiront le cash.

– Tu lis dans l'avenir toi aussi ?

– Non je m'informe sur des sites dissidents, c'est plus efficace à mon avis. Bref, un jour nos dirigeants interdiront le liquide. Ils n'aiment pas que des transactions soient invisibles pour eux. Quand tout se fera par carte bancaire ils maîtriseront tout. Ils pourront voir ce que tu achètes et taxer chaque achat. En plus ça donnera un pouvoir extraordinaire aux banques qui en te refusant une carte de crédit pourront pratiquement te tuer.

– T'exagères pas un peu là ?

– Quoi ? T'as pas compris encore que ce sont les banques qui dirigent tout ? Que les états n'ont aucun pouvoir ? T'as entendu parler de la Grèce ?

– Et alors ?

– Alors le jour où tout se fera par carte bancaire, qu'il n'y aura plus de liquide, le moindre incident électronique pourra avoir des répercussions dramatiques. Quand des pirates arriveront à piquer les numéros des cartes bancaires de 20 de 40 ou de 100 pour 100 d'une population (ce qu'ils parviennent déjà à faire) alors ils pourront tout bloquer et mettre les gens en panique. Sans cash : pas de réserve. Du jour au lendemain les gens ne pourront plus acheter à manger, et quand ils auront faim ils deviendront dangereux. En une semaine ça peut tourner à la guerre civile mondiale. Quelques-uns se seront préparés. Dont moi.

– Je ne sais pas quoi te dire. Ça paraît paranoïaque comme vision des choses.

– « Les survivalistes sont paranos» c'est le titre d'une vidéo célèbre dans le milieu.

– Alors tu fais quoi concrètement pour te préparer ?

– J'en suis au début, mais comme tu vois, ma priorité c'est d'apprendre à vivre en me séparant le plus possible de mes habitudes confortables ; c'est pour ça que je suis venu te voir. J'apprends à cultiver, et j'espère que tu vas me montrer ce que l'on peut manger dans la nature. Je passe le brevet de secourisme aussi et j'étudie des bouquins qui expliquent comment se soigner en situation de crise : « Where there is no doctor » de David Werner et « Where There is no dentist » de Murray Dickson; je ne serai sûrement jamais efficace comme un médecin, mais c'est un début. Et puis je vais m'inscrire dans un club de tir, pour pouvoir posséder des armes légalement, mais je ne me suis pas encore occupé de cet aspect des choses. Pour tout te dire, ma préparation à l'heure actuelle c'est surtout la recherche d'un endroit où créer ma future base. Je me balade les week-ends où ma fille est chez sa mère, je fais du camping, je vais dans des hôtels minables et je fais beaucoup de vélo pour trouver un endroit isolé avec de l'eau et des ressources facilement disponibles pour survivre.

– Ça doit être sympa. Enfin le côté balade, je veux dire. On va dans la forêt ?

19 mois après

Confrontation

Ils marchent dans la quasi-obscurité de ce matin d'automne. La forêt laisse à peine passer les premiers rayons de lumière du matin. La nuit a été longue d'inquiétudes et de discussions. Lithium qui connaît la route a rêvé stratégies de combat et meurtres. Il porte à la ceinture son Sig-Sauer qui lui rappelle l'époque révolue durant laquelle il était maton. Son contact et le silence de l'aube lui rappellent les matins passés dans les couloirs de la prison, tandis que les détenus dormaient et que claquaient les ouvertures des portes métalliques. De l'autre côté de sa ceinture il a son couteau et dans son dos sa fidèle 22. C'est une atmosphère à se battre en duel se dit-il, se sentant étrangement vivant, vivant de savoir exactement où il est, où il va et ce qu'il va y faire ; hyper concentré.
C'est comme si toute son existence l'avait mené vers ce point précis : son entraînement au combat, sa préparation à la survie et l'extermination de son groupe dont il fait encore des cauchemars. Aujourd'hui il va se racheter. Aujourd'hui il ne va pas fuir. Aujourd'hui il va guider les membres de son groupe vers la victoire ; Steph serait fier de lui.

Derrière Lithium marchent Julie et Noé. Ils ont passé la nuit ensemble à parler. Quand il fait froid, Noé passe souvent la nuit avec elle, parce qu'il n'y a pas de poêle dans sa chambre, et qu'il faut limiter les dépenses de combustible et de bougies. Parce qu'ils aiment bien dormir ensemble aussi. Ce matin ils sont étrangement en paix, sans leurs éternels conflits éthiques qui sont pratiquement la base de leur relation. Tout ça est dépassé. Noé pense à ces générations d'hommes qui sont allés au combat avant lui. Peut-être les avait-on persuadés eux aussi que c'était la seule chose à faire. Peut-être qu'ils avaient comme lui une fille dont l'avenir allait se jouer sur quelques grammes de plomb, arrivant dans un sens plutôt que dans l'autre. Peut-être que comme lui ils essayaient de se persuader que c'était le froid et non la peur qui les faisait trembler.

Julie a tiré les runes cette nuit, tandis que Noé dormait, mais elle n'a trouvé aucune réponse. Elle a essayé deux fois et deux fois elle a eu pour résultat Wyrd, la rune blanche, celle qui n'est pas gravée. Dans les mythologies nordiques, comme dans la mythologie grecque d'ailleurs, les vies sont comme des fils, qui tissés ensemble, forment une toile complexe que l'on pourrait définir comme le réel. Chaque élément du monde, du caillou aux êtres vivants, possède son Wyrd, son destin propre, qui peut évoluer en fonction des éléments qui l'environnent et de la volonté de celui qui le possède. En gros, quand Julie tirait cette rune elle savait qu'elle arrivait à un moment clef de son existence, et qu'elle n'aurait aucune indication sur la suite des événements ; c'était typique de l'humour de la Déesse Terre qui parfois donne et parfois reprend, qui parfois est ta maîtresse, ta femme ou ta fille, et parfois la mort qui te regarde avec l'humour de celle pour qui tout n'est qu'un jeu.

Lithium s'arrête soudain et fait signe aux deux autres d'écouter. Au loin, le bourdonnement caractéristique d'un gros diesel se fait entendre. C'est un bruit anachronique, pratiquement oublié. Il évoque à Julie ces monstres mécaniques d'une époque où l'homme violait la Terre avec ses charrues artificielles, sans lui rendre la moindre goutte de sueur. Pour les deux hommes aussi, ces grognements qui percent le silence sont une menace : les gens du village devraient se faire particulièrement discrets ce matin.

Mus par un même instinct de survie, les trois compagnons changent de comportement : ils se baissent, s'éloignent les uns des autres, se décalent pour ne pas avancer sur une même ligne, et se déplacent de l'abri d'un tronc d'arbre à un autre. Ils arrivent en surplomb d'une route qui borde le village. Le bruit du moteur se rapproche. Ils sont séparés chacun de 5 ou 6 mètres et cachés par des arbres. Le village semble désert quand apparaît sur leur droite un tracteur vert qui tire une remorque où est entassée une quinzaine d'hommes armés. Il s'arrête à une vingtaine de mètres d'eux ; face à ce qui semble être la rue principale du bourg. Lithium et Noé profitent du bruit de la machine pour changer de position et ne pas être dans l'alignement entre Julie et le tracteur. Le silence se fait quand le moteur s'arrête, brutalement. Lithium se sent hyper-présent, parfaitement affûté. Il lui semble mieux envisager tous les détails de la scène, les distances, le vent, les battements de son cœur. Il pense vitesse de balle, pouvoir de pénétration, c'est comme si plus rien d'autre n'existait que la balistique.

Les hommes sautent de la remorque et se mettent en ligne, debout, face au village. Ils montrent leurs armes dans une démonstration de force ; Lithium estime qu'ils ont 4 kalachnikovs, quelques armes de poings (probablement des Sigs comme le sien ou des Berettas modèle 92) et des armes blanches : battes de baseball, machettes et pieds-de-biche. Ce qui est sûr en tout cas, c'est que même en tirant les premiers et en les ayant de dos, la lutte est inégale sans le soutien des habitants.
Un homme sort de la cabine du tracteur puis se hisse sur le toit du véhicule. Il a un long manteau gris pâle et un casque noir, très rond avec une grande visière comme portaient les forces de l'ordre, quand il y avait encore des forces de l'ordre. Il reste un instant à regarder le village. Personne ne bouge. Puis il prend le mégaphone qu'il porte en bandoulière et s'adresse au village, d'une voix lointaine, calme et grave :

– Villageois ! Nous sommes la meute. Il n'est pas utile de se faire la guerre. Cette meute peut devenir votre meute. Nous proposons un pacte. Vous nous nourrissez. Nous vous protégeons. Vous avez tué deux de nos hommes. La meute est prête à pardonner. Vous nous rendez le maraîcher et la fille. Vous nous donnez toutes vos armes à feu. Alors vous serez membres de la meute. Alors vous vivrez. Si vous refusez alors la meute va mordre. Elle attaquera le village. Elle fera de vous des esclaves.

Le silence qui suit cette déclaration est interrompu par le grincement d'un volet en bois. À une fenêtre apparaît le maraîcher. Noé, qui le voit pour la première fois, le reconnaît grâce à sa combinaison grise dont lui avait parlé Lithium, et grâce au bandage blanc qui lui recouvre la tête.

– Ne les écoutez pas ! Ne les écoutez pas ! Ils ont tué ma femme, ils ont essayé de violer ma fille ! Quand vous n'aurez plus d'armes ils feront ce qu'ils voudront !

– Rentre avec nous ! Reviens avec ta fille. La meute peut pardonner. Ne l'oblige pas à attaquer ce village.

Lithium visse son silencieux sur le canon de son arme. Les membres de la meute s'infiltrent dans les rues du bourg. Ils avancent, comme des loups, vers la maison où s'est réfugié le maraîcher, qui a disparu derrière la fenêtre.

Partout ailleurs les maisons de pierres sombres gardent leurs portes et leurs volets clos. On ne voit aucun signe de vie. Le soleil à l'horizon est caché par des nuages. Les hommes de la meute se répartissent dans le village. Deux d'entre eux arrivent à proximité de la maison où se terre le fugitif quand claquent des détonations.

– Crevez fils de putes ! hurle une fille apparue une seconde à la fenêtre en brandissant un pistolet.

Tous les hommes se mettent à couvert sauf un qui se roule par terre en geignant.

Sur le toit du tracteur, l'homme au casque de CRS a posé son mégaphone et regarde maintenant l'action au travers de jumelles.

Il donne des ordres par talkie-walkie à ses hommes qui se rapprochent de la maison d'où sont venus les premiers coups de feu. Un des membres de la meute est pratiquement décapité par un coup de fusil, tiré à bout portant, tandis qu'il passait près d'un muret séparant deux maisons. Ce coup de feu déclenche la guérilla urbaine. Le bruit sec d'une Kalash lui répond. La meute se sépare, tire au hasard en direction des tirs, de plus en plus nombreux.

Lithium tire dans le dos de l'homme aux jumelles qui tombe à genoux. Il réarme sa 22 et rate son deuxième tir. L'homme s'est laissé tomber du haut de la cabine du tracteur. Noé fait signe à Julie de ne pas bouger et de les couvrir tandis qu'avec Lithium ils descendent de la lisière de la forêt, pataugent dans la boue du fossé qui la longe, et arrivent au pied du tracteur qu'ils contournent chacun de leur côté.
Dans le village les tirs de fusils de chasse répondent à ceux d'armes automatiques. Quand ils se retrouvent face à face, Noé et Lithium voient exploser les vitres du tracteur. Julie vient de tirer sur l'homme qui était remonté dedans. Il pisse le sang mais bouge encore ; en tout cas jusqu'au deuxième tir de Julie.
Lithium monte dans le tracteur et égorge l'homme affalé dans la cabine. Quatre précautions valent mieux qu'une. Il lui retire le casque et le met. Il laisse le gilet pare-balles sous le manteau.

Noé court se mettre à l'abri contre le mur de la première bâtisse. Déjà des hommes de la meute se sont retournés et se dirigent vers eux.

– Julie tu restes là et tu nous couvres en cas de fuite. Moi je couvre Noé, dit Lithium en montant dans la remorque.
A l'intérieur, il se met à genoux et pose sa carabine en appui sur la paroi métallique verte, qui lui semble assez épaisse pour stopper des balles de petits calibres venant du village. Pour les kalachs...
Il prend sa position de tir, l'œil rivé à la lunette, détaillant les environs de Noé. Le village résonne des bruits du combat qui a lieu dans les rues, et dans certaines maisons, où la meute est entrée pour tenter de déloger des tireurs embusqués.

Julie s'assoit derrière un arbre, il lui semble que son cœur lui envoie des spasmes de sang dans les yeux. Elle a tué un homme. Elle devait l'empêcher de tuer Lithium et surtout Noé. Elle est rassurée d'être le plus loin possible de la bataille. Il lui semble que Lithium l'a placée là pour la protéger. Peu importe, le recul de son deuxième tir lui a explosé l'épaule droite ; elle a si mal qu'elle ne sait pas si elle peut encore tirer.

Noé se demande ce qu'il fout là. Lithium a dû retirer son silencieux, ses tirs, toutes les cinq secondes environ, reçoivent des répliques désordonnées. Il se dit qu'ils doivent être désorientés par la perte de leur meneur. Il ne veut surtout pas rentrer dans le village où il risquerait de se faire tirer dessus par la meute comme par les habitants, qui, au bruit qu'ils font, doivent avoir un certain nombre de fusils et ne semblent pas être décidés à se rendre.

Il manque de mourir d'une crise cardiaque et de tuer la vieille dame qui a ouvert sa porte, deux mètres derrière lui. Mais elle lui sourit et lui fait signe de rentrer chez elle. Elle referme la porte derrière lui. Ensuite elle va se blottir contre son mari dans un coin du salon, plongé dans la pénombre et sentant une bonne odeur de soupe et de feu de bois. Personne ne parle. Dehors les tirs semblent s'espacer. Noé voit un escalier, monte à l'étage, et trouve une chambre dont la fenêtre donne sur la rue principale. Le monde autour de lui semble figé dans la poussière des années soixante-dix : papier peint à fleurs blanches et orange, grande armoire de bois sombre et lit couvert de peluches contre la fenêtre. Silencieusement, il décale ce dernier pour pouvoir regarder à travers les volets ajourés.

Dans la rue en bas : rien. À gauche : impossible de voir Lithium. À droite : trois hommes sont cachés derrière une voiture.

Noé ouvre lentement les deux battants de la fenêtre. Il fait pivoter le morceau de bois usé qui retient les volets, en évitant tout grincement, et entrouvre celui de droite, suffisamment pour que puisse passer le canon de son fusil. Dehors, Lithium tire sur la voiture mais ne parvient pas à toucher les hommes qui sont derrière. L'un d'entre eux s'est glissé dans le véhicule, il est couché en travers des sièges avant. Il a dû retirer le frein à main et il conduit la voiture alors que ses acolytes poussent la voiture en direction de Lithium.

Noé se plaque contre le mur pour ne pas être vu, mais les trois hommes sont uniquement concentrés sur leur tâche et sur les tirs qu'ils essuient. Quand ils arrivent pratiquement à sa hauteur, Noé tire quatre coups avec son fusil à pompe plein de grosse chevrotine : deux coups pour ceux qui poussent la voiture et deux coups à travers le toit pour celui qui la conduit. Il se plaque contre le mur, remet quatre cartouches dans le tube du chargeur de son arme et attend. Il entend encore deux tirs de la 22, puis c'est le silence.

Il attend un moment infini, au moins deux minutes, puis il jette un œil par la fenêtre. La voiture est immobile. Derrière il y a un homme avachi dans une position étrange, et plus loin, au milieu de la rue, un autre qui devait tenter de fuir est allongé sur le ventre, serrant contre lui sa Kalach, comme endormi.

Noé redescend dans le salon, fait un signe de tête amical aux deux vieux terrifiés et sort de la maison. Lithium vient à sa rencontre, il a retiré son casque.

– Julie va bien, je lui ai dit de rester dans les bois.

– T'as bien fait. Ils sont où ?

– Je pense qu'une bonne moitié est morte. Les survivants se sont enfuis. Ils vont retourner à leur camp, je pense.

Dans le village, les portes et les volets commencent à s'ouvrir ; le soleil aussi commence à apparaître. Lithium et Noé portent leurs armes au-dessus de leurs têtes en signe de paix. Ils s'approchent d'un groupe qui se forme, au milieu de la rue principale.

– Noé, je te présente le maraîcher, sa fille et M. le maire du village.

– Enchanté, dit Noé gauchement, se demandant si après avoir tué des gens on pouvait encore se parler comme si de rien n'était. Qu'est-ce qu'on fait maintenant ?

– On évalue les dégâts, on voit si on a des blessés, dit le maire.

– On récupère les armes, on achève les ennemis blessés dit Lithium.

– Et après ? demande Noé. On les poursuit ?

– Ils n'étaient pas tous là, dit le maraîcher, il en reste une poignée chez moi. C'est possible qu'ils reviennent. Ils ont quatre kilomètres à faire pour rentrer. Quand ils auront retrouvé le reste de leur groupe, on ne sera plus en sécurité.

– On va réunir les gens du village et prendre une décision rapide, dit le maire.

7 mois avant

La manière et l'art

Après l'opération « eau potable », Julie partit avec Noé faire une recherche de plantes comestibles.

– Ça va te paraître idiot, mais la première règle quand tu te balades dans les bois, c'est de ne pas te perdre, dit-elle. En plus on est à Brocéliande, et ici les héros se perdent pour être confrontés au merveilleux. En général, dans les romans de chevalerie, il y a d'abord un orage soudain, ou le brame lointain d'un cerf. Ensuite la nuit tombe subitement comme par magie, et arrive alors un être maléfique que le héros doit combattre : chevalier noir, sorcière ou korrigan.

– Si on en croise un, je m'en occuperai.

– Plus sérieusement, tu as remarqué la terre rouge un peu partout ? Cette couleur vient du schiste pourpré, riche en fer qu'elle contient. On dit que ça influe sur la perte du sens de l'orientation.

– Et si on se perd, on fait quoi ?

– La théorie c'est : cherche un cours d'eau, suis-le et il te conduira à un chemin, qui te conduira à une route qui te conduira à la civilisation.

– Et pour ne pas te perdre alors ?

– Tu ne pars pas n'importe comment. Le plus simple c'est de suivre des chemins et de bien se souvenir, voire de mettre des marques pour t'indiquer d'où tu viens ; mais pour trouver à manger, c'est pas l'idéal. Ensuite, il y a la boussole, on peut aussi se repérer grâce à la mousse qui pousse en général du côté nord du tronc, et il y a aussi le repérage par rapport au soleil. Si ça t'amuse, tu peux utiliser une montre à aiguilles et le soleil comme boussole : avec la petite aiguille tu vises le soleil, et ensuite tu trouves le sud : à mi-chemin entre cette aiguille et le repère lh00 pendant l'heure d'hiver, et à mi-chemin entre cette aiguille et le repère 2H00 pendant l'heure d'été.

– OK, ouais… Je prendrai une boussole plutôt. Sinon, concrètement on cherche quoi comme nourriture ?

– Déjà, en ce qui me concerne, tu l'auras compris, pas de viande.

– Oui, je m'en doutais un peu.

– Si je devais absolument m'en procurer, ça ne serait sûrement pas impossible de piéger des petits animaux, mais ça demanderait des connaissances que je n'ai pas. Après, j'imagine qu'avec une carabine, je pourrais tuer du gibier, mais c'est pareil, ne crois pas que c'est facile. Et puis, même si j'arrivais à tuer un animal, il faudrait encore que je le vide proprement et que je le ramène sur le lieu de mon campement. Autant dire que pour le sanglier, le chevreuil ou le cerf, je galérerais sévèrement sans l'aide d'au moins une personne. Alors d'après toi, qu'est-ce qu'il faut chercher ?

– J'imagine qu'il y a des champignons comestibles, et des types de salades faciles à trouver.

– Le plus simple en automne c'est les noisettes, les noix et les châtaignes, en plus c'est assez nourrissant. Après, si tu as de la chance tu peux trouver des pommes et des poires sauvages. Pour les champignons, c'est possible, mais t'as vraiment intérêt à t'y connaître : tous les ans, des gens meurent parce qu'ils étaient un peu trop sûrs d'eux. Sinon, il y a effectivement des herbes comestibles, je vais essayer de te trouver ça.

Ils avaient avancé d'une petite centaine de mètres dans la forêt quand Julie s'arrêta.

– Tiens ! En voilà une plante comestible facile à reconnaître !

– Allez, arrête de faire des mystères, de quoi tu parles ?

– Les orties !

– Sérieux ? Tu peux en manger sans te piquer ?

– Oui, c'est lors de la cueillette qu'il faut faire attention. Le truc c'est de cueillir les jeunes feuilles en les prenant par dessous, les poils urticants sont sur le dessus.

– Et c'est bon ?

– Moi j'aime bien, tu verras tout à l'heure. Tu peux les

faire en soupe, en salade, en purée, en tisane… En plus c'est très riche en minéraux, vitamines et protéines végétales.

– J'imagine que ça guérit aussi toutes les maladies graves, fait repousser les cheveux…

– J'en sais rien, mais si ça guérit les rabat-joies, vivement que tu les goûtes !

– Très drôle.

– Par contre, j'ai oublié de te dire, pour les orties comme pour les autres herbes ou champignons, il ne faut rien ramasser près d'une route, d'une usine, d'une déchetterie… Les plantes lavent la nature en concentrant les toxiques ; leur organisme peut survivre à des grosses doses de plomb ou d'autres types de pollution, mais pas le tien.

Après une heure de promenade, ils avaient dans leurs sacs quelques châtaignes et des orties, suffisamment pour le repas du midi, mais pas beaucoup plus. Avant de revenir vers leur campement, ils s'arrêtèrent sur un chemin bordant un pré. Là, ils s'assirent sous un vieux chêne à quelques mètres d'une borne kilométrique en pierre. Le ciel gris paraissait étonnamment lumineux.

– Si jamais on ne trouvait vraiment rien à manger, tu sais qu'on pourrait ramasser des glands ? demanda Julie.

– C'est comestible ?

– En fait pas vraiment, mais si tu les broies, que tu les fais bouillir et que tu retires autant de fois que nécessaire l'eau devenue rouge par les tanins qu'ils contiennent, tu peux les manger en galettes.

– T'as déjà essayé ?

– Oui, et je le recommande pas. C'est horriblement fade, ça donne l'impression de manger du plâtre. Dans ta préparation de survivaliste, t'as rien appris sur la vie dans la nature ?

– Pas grand-chose en fait. Pour l'instant j'ai lu des trucs, regardé des vidéos, notamment les tiennes, mais ça ne remplace pas le terrain.

– C'est sûr.

– Par exemple, pour la survie dans la nature, les

survivalistes conseillent d'avoir sur soi les 5C : quelque chose qui Coupe (ma machette donc), quelque chose qui Couvre (mon tarp, pardon ma bâche, et un duvet), un Contenant pour l'eau (gourde et bouteilles), quelque chose pour la Combustion (comme je veux un objet efficace j'ai pris des briquets) et de la Corde.

– C'est pas idiot comme idée, mais il faudrait rajouter les deux B.

– Les deux B ?

– De la bouffe et à boire !

– Pas mal !

– En parlant de bouffe, t'as déjà vu ça ? Regarde dans le pré, tu vois les champignons ? Ce sont des marasmes des oréades, ils sont comestibles. Tu vois comme ils poussent en rond ? On appelle ça un « rond de sorcière » parce que selon la légende ils naissent des pas que font les sorcières qui dansent en rond les nuits de pleine lune.

– Ne me dis pas que tu crois à ça ?

– Non bien sûr, c'est dû à la forme de la partie souterraine du champignon, mais c'est une jolie histoire. À la fois, si en rentrant au camp tu vois des champignons autour de notre feu, avoue que tu seras obligé de te poser la question.

– Pour ça, il faudrait que je croie que tu es une véritable sorcière.

– Qu'est-ce qui pourrait t'en persuader ?

– J'en sais rien moi, des pouvoirs magiques par exemple.

– Mais tu sais que je vois dans l'avenir déjà.

– Non, je sais que tu dis voir dans l'avenir avec tes cailloux. Ça fait pas de toi une sorcière, au mieux une allumée.

– Tu manques de poésie, tu sais ? Bon on les ramasse ces champignons ?

– Excuse-moi, j'ai rien contre toi. C'est peut-être un problème de génération, j'ai plus vécu, peut-être plus galéré. Alors tu sais les fées et les sorcières… C'est marrant comme on a une approche différente des choses. Le survivalisme en quelque sorte c'est une approche hyper pragmatique.

– Une approche pragmatique de gens qui pensent que le monde va sauter.

– C'est ça. Passée l'hypothèse selon laquelle, effectivement, les choses peuvent se barrer en sucette, le survivaliste tend à se rassurer en sériant les problèmes possibles, et en y trouvant des solutions : Un toit, de l'eau, de la bouffe, des médocs et des connaissances en médecine et des armes pour défendre tout ça.

– Mais ça veut dire que concrètement tu serais prêt à tuer des gens ?

– Là on parle d'une hypothèse. S'il n'y avait plus de lois, et si j'étais attaqué, alors oui je pense que je serais prêt à tuer.

– Tu te rends compte de ce que tu dis ? Je ne sais même pas si légalement t'as le droit de dire un truc pareil.

– Encore une fois, j'essaie de ne pas te juger, essaie de faire pareil avec moi. Tu peux penser que c'est une crise précoce de la quarantaine, ou un hobby malsain, mais pour moi, la préparation, c'est aussi une façon de me reconstruire, d'être acteur et non pas spectateur. Je refuse le monde tel qu'il est. Le capitalisme est une maladie qui nous pousse à sucer le sang de la Terre de plus en plus vite, et de plus en plus fort. Je n'ai pas confiance dans nos politiques, petite bande de potes riches qui se contrefout du peuple…

– Je partage certains de tes points de vue, mais de là à se préparer à la guerre...

– Je vais être clair avec toi. Je suis divorcé. J'ai une fille d'à peine six ans. Il y a six mois je me suis fait casser la gueule par 5, 6 mecs. J'ai rien pu faire. Quand tout va s'écrouler, parce que je crois que tout va s'écrouler dans 1, dans 2, dans 5 ou 10 ans, mais sûrement pas tellement plus ; et bien je ne veux pas me retrouver dans la même situation : spectateur de mon incapacité à me défendre et à défendre ma fille. Parce que le jour où les choses tourneront mal, ma femme reviendra me voir et avec elle ma fille, parce que je serai préparé, parce que c'est pas les connards qu'elle rencontre qui pourront la défendre. Alors on recommencera un autre type de vie. Et je ne serai pas une victime.

– « Ce ne sont pas les victimes qui enlaidissent le

monde. » C'est un de mes potes acteur-philosophe qui m'a dit ça une fois.

– Mouais. Si les victimes n'enlaidissent pas le monde, c'est sûrement parce qu'elles n'y restent pas assez longtemps pour y laisser une trace.

Revenus au camp, ils commencèrent à préparer une sorte de soupe avec ce qu'ils avaient trouvé dans la forêt. Julie expliqua à Noé que plutôt que de tout cuire en même temps, il fallait respecter le temps de cuisson de chaque élément pour ne pas en altérer les qualités nutritionnelles. Ils allaient donc laisser bouillir les châtaignes seules pendant 45 min environ, puis ils rajouteraient les orties et enfin les champignons. Ça leur laissait pas mal de temps pour discuter. Ce fut une fois encore Julie qui brisa le silence :

– T'imagines ? Il y a quelques milliers d'années, l'Europe ça n'était que ça : Une grande forêt. Ça devait être magnifique. Et puis, le développement de la civilisation a apporté la déforestation. On a utilisé le bois dans des fours pour fabriquer de l'acier, principalement pour faire la guerre. On a aussi abattu des arbres pour se chauffer, pour avoir plus de surfaces cultivables, et pour l'élevage. Cette forêt est une sorte de rescapée de la barbarie des hommes.

– Si ça peut te rassurer, je pense qu'on va arriver à un pic de la destruction de notre environnement. Quand le système s'écroulera, la population humaine va diminuer, et les survivants n'auront plus les moyens de détruire la nature avec autant de force. Un peu partout dans le monde des gens planchent sur une autre façon de cultiver, plus respectueuse de l'environnement.

– Et vous vous intéressez à ça, vous les survivalistes ?

– Pas tous, mais une bonne partie d'entre nous, oui. Tu vois, dans notre démarche pragmatique on essaie d'apprendre de tous, même de bobos écolos comme toi.

– Sympa !

– Non, ne le prends pas mal. J'ai appris plein de choses avec toi, et si on ne partage pas la même vision des choses ça ne m'empêche pas de bien t'aimer.

– Tu progresses beaucoup à mon contact en tout cas, c'est le premier truc gentil que tu dis. Parle-moi de ta nouvelle agriculture.

– C'est un peu un truc d'allumés écolos, mais ça a l'air efficace ; ça s'appelle la permaculture. L'idée c'est de produire de la façon la plus proche possible de ce que ferait la nature sans intervention de l'homme : pas de pesticides, on laisse au maximum la terre faire le travail, c'est un peu long à expliquer. Mais pour ceux qui planchent là-dessus, c'est le rêve de créer une société où chacun produit la quantité de nourriture nécessaire à sa survie. L'homme se tournant vers la terre, et non plus vers les supermarchés pour s'alimenter deviendrait alors plus respectueux de son environnement. Et puis l'abondance de nourriture conduirait à une société moins violente. Avec les gros rendements que permet la permaculture, chacun prendrait soin de son jardin et laisserait la nature reprendre les immenses espaces autrefois cultivés par l'homme. Tout ça va avec le rêve de groupes sociaux recentrés, grands comme des familles ou des villages tout au plus, et basés sur l'échange et l'entre-aide. Et avec un peu de chance, on pourrait réparer les dommages faits par l'homme à la planète.

– Ça alors ! Si je m'attendais à autant d'optimisme de ta part ! Ça a l'air très utopique tout ça non ?

– C'est pour ça qu'on s'arme… Bon, je plaisante… À moitié en tout cas.

– C'est super intéressant comme idée. Je vais étudier ça. Et toi tu comptes essayer de mettre ça en pratique ?

– C'est un peu le but ultime du survivaliste : créer une BAD (Base Autonome Durable.) Un endroit où tu es en sécurité, et où rien ne manque pour ta survie et celle de ton groupe. Pour ça il faut apprendre à cultiver de façon efficace.

– C'est ce que tu feras quand tu auras trouvé ta BAD ?

– Entre autres choses, il y a plein de trucs à faire ; mais effectivement, une des priorités ça sera de commencer à cultiver.

– Et tu vas faire ça tout seul ?

– Non. J'ai ma sœur et mon beau-frère qui vont rejoindre le projet. Ma femme aussi reviendra sûrement avec ma fille, et pourra m'aider.

– Ça fait pas beaucoup de bras non ?

– Quantité de gens dans le monde arrivent, ou sont arrivés, à nourrir et protéger leur famille sans être plus que ça.

– Bon. Imaginons que les choses se passent comme tu le penses. Tu accepterais que je vienne dans ta BAD ?

– Je sais pas. C'était pas vraiment prévu. Qu'est-ce que tu nous apporterais ?

– Je ne sais pas moi, mais je sais trouver à manger dans la nature, je lis dans les runes, je sais un peu soigner avec les plantes…

– Euhh ouais.

– Je suis sourcière !

– Sorcière ?

– Sourcière ! Je sais trouver de l'eau !

– J'y crois à peu près autant qu'à tes runes.

– Je vais te montrer.

Julie alla vers son hamac, et dans son sac à dos suspendu, elle prit deux baguettes de cuivre coudées à angle droit. Ainsi armée elle revint vers Noé, prenant au passage une gourde pleine.

– Voilà ce qu'on va faire : je me bande les yeux avec un foulard et toi tu poses la gourde par terre. Ensuite tu me guides un peu partout sur le camp, et moi je te dis où se trouve la gourde.

– Si ça t'amuse.

– Ne fais pas le grincheux, vois ça comme une expérience scientifique !

Julie sortit un foulard d'une de ses poches et s'en couvrit les yeux. Ensuite elle se tint immobile, droite, tenant ses mains comme sur un volant, les baguettes bien parallèles entre elles. Noé se déplaça sur le camp silencieusement pour que Julie ne puisse pas identifier l'endroit où il déposait la gourde. Il revint ensuite vers elle avec des détours de sioux pour brouiller les pistes.

– C'est parti ? dit-il.

– C'est parti.

Noé s'approcha de Julie et la tint par l'épaule pour la diriger. D'abord vaguement amusé par l'expérience, il se sentait maintenant gêné de se retrouver si près de cette jeune fille qu'il ne connaissait pas bien. Pour la première fois, il sentit son parfum léger, mélange d'odeurs florales et de vanille. Il essaya de penser à autre chose alors que son regard tombait vers son décolleté, le velouté de la peau à la lisière de ses seins lui rappelant sa vision nocturne, il fit preuve de beaucoup de self-control pour continuer l'expérience. « La science n'attend pas » se dit-il.
Tandis qu'ils avançaient, les baguettes de Julie se croisèrent comme sous le coup d'une impulsion électrique.

– Là ! dit Julie.

Et Noé, peu concentré, dut reconnaître qu'elle avait trouvé l'eau, ennuyé qu'elle marque un point contre lui, et regrettant la fin de cette proximité avec elle. Pour couper court à son possible triomphalisme il parla en premier.

– C'est bon t'as gagné. Je t'enverrai les coordonnées GPS de ma BAD quand je l'aurai trouvée. Mais déconne pas, tu gardes ça pour toi, OK ?

– Promis, dit-elle, en déposant un chaste petit baiser sur sa joue qui fit redescendre un peu son agacement.

Ils passèrent la fin de l'après-midi à ranger le camp, faisant la vaisselle dans le courant, à l'aide d'herbes et de sable. Ensuite, ils firent disparaître toutes les traces visibles de leur passage, ne laissant que le cercle de pierres qui pourrait servir à d'autres. Noé raccompagna Julie jusqu'à la gare de Rennes. Dans la voiture ils se parlèrent peu, peut-être parce qu'ils étaient fatigués, ou bien parce que la vie à laquelle ils retournaient allait leur sembler fade après cet intermède dans la nature. Tous deux étaient partagés sur l'éventualité de se revoir : Noé se demandant s'il avait bien fait de lui promettre les coordonnées de sa base, et Julie se disant que s'ils se revoyaient, ça serait parce que l'hypothèse de fin du monde de Noé se serait avérée exacte.

19 mois après

Chercher et détruire

Une demi-heure s'est passée depuis la fin des combats, comme dans une autre réalité pour Julie. Elle s'est assise contre un mur, n'a parlé à personne. La douleur de son épaule lui rappelle qu'elle n'est pas dans un mauvais rêve. Il y a eu le bruit déchirant ses tympans des coups de feu, la peur, et même une part d'excitation qu'elle ne comprend pas. Maintenant, tout est presque calme. Le temps s'est ralenti, presque trop. À une cinquantaine de mètres, s'échappent des râles et des pleurs : un homme, qui de sa fenêtre tirait sur les assaillants, a pris une vilaine rafale dont une balle lui a percé le ventre. Julie se fait peu d'illusions à son sujet. Elle entend les pleurs de sa femme et de ses enfants, et les cris des voisins qui essaient de les éloigner de ce spectacle morbide. Tandis qu'elle-même s'enfonce dans un cauchemar, la ville semble s'être réveillée, les portes et les fenêtres se sont ouvertes. Côté villageois on ne déplore « que » deux tués par balle. Il s'agit d'un couple de retraités, dont la maison a servi de refuge à des membres de la meute qui se faisaient massacrer à découvert dans la rue. Et puis il y a un jeune homme qui a pris une balle dans la cuisse. Dans le monde d'avant, il s'en serait sans doute tiré, mais là, sans hôpital ni médecin... On l'a allongé sur le sol de l'ancienne boulangerie, parce que c'était le bâtiment le plus proche. On lui a retiré son pantalon, mis sa jambe blessée sur une chaise pour que moins de sang coule, et on a nettoyé sa plaie au savon et à l'eau bouillie. Le vétérinaire du village, ce qui se rapproche le plus d'un médecin dans ces circonstances, lui presse un chiffon sur la plaie, attendant que le sang coagule.

Noé parle avec le maire et quelques citoyens armés :

– Oui c'est ça, la ferme des XXX.

– Mais ils vous ont vendu leur ferme ? Qu'est-ce qu'ils sont devenus ?

– Je sais pas, vous savez ça me regarde pas trop. Je crois qu'ils sont partis vivre chez leur fille, une espèce de banquière ou un truc comme ça.

– C'est quand même fou qu'ils n'en aient parlé à personne ici.

– C'était quand les choses commençaient à très mal tourner. Ça s'est fait un peu dans la précipitation. Moi je cherchais un endroit où être en sécurité, et eux ils étaient contents d'avoir un peu d'argent et d'aller vivre chez leur fille.

– Quand tout ça sera terminé, on pourra passer chez vous, voir comment vous êtes organisés ? On est alliés maintenant. Il faudra qu'on s'entre-aide.

– Oui si vous voulez... On a le temps d'en reparler.

Lithium revient. Il est accompagné d'un homme d'une cinquantaine d'années, presque aussi large que haut. À la façon dont ils s'essuient les mains, et aux armes qu'ils transportent, Julie comprend qu'ils ont achevé les blessés. Les gens se rassemblent autour d'eux.

– Il est temps d'en finir, annonce Lithium en remettant son casque. Une bonne partie de cette « meute » est retournée dans son camp. On ne sera jamais tranquilles tant qu'on n'aura pas réglé ce problème. On a récupéré deux kalachs et deux pistolets. Qui veut un flingue pour partir avec nous ?

On se répartit les armes et bientôt une petite vingtaine d'hommes monte dans la remorque du tracteur, conduit par le maraîcher. Lithium est lui aussi dans la cabine dont on a retiré grossièrement les débris de verre et quelques traces de sang. Il a troqué sa fidèle 22 contre une des kalachs et porte son Sig à la ceinture. C'est Julie, qui a insisté pour venir, qui porte sa carabine ; de toute façon elle ne pourrait plus tirer avec son arme de chasse qu'elle a passée à un volontaire pour leur opération punitive. Noé tient Julie dans ses bras, à défaut d'avoir pu la dissuader de venir, il voudrait la rassurer, ou la consoler, mais elle est comme absente. Lui qui voulait lui offrir un univers protecteur se sent un peu responsable de ce qui arrive, comme pris en défaut.

Autour d'eux il n'y a que des hommes ayant entre 20 et 65 ans. « L'effondrement de la normalité » comme l'appelaient les survivalistes les a rendus plus similaires qu'ils ne devaient l'être à l'origine. Chacun porte désormais des habits confortables et solides, moins bien lavés qu'auparavant, plus souvent rapiécés. Beaucoup portent des habits utilitaires de type treillis, ou vêtements de bricolage. À leurs pieds ils ont des baskets ou des bottes, les plus chanceux de solides chaussures de randonnée. Le temps passé à prendre soin de soi s'est aussi évaporé ; peut-être que tout ça n'a plus vraiment d'importance d'ailleurs. C'est ce que se dit Noé en regardant ceux qui l'entourent, émaciés par la malnutrition, mal rasés, les cheveux peu soignés, et portant tous la même odeur de feu de bois, parfum universel d'un monde nouveau, où l'on retourne quelques centaines d'années en arrière. À bien y regarder, certains gardent, dans leur façon de se tenir, quelque chose d'avant qui les rend dissemblables. Comme s'il fallait attendre encore un peu pour que tous s'habillent, parlent, mangent de la même façon ; comme si une partie d'eux-mêmes lutait pour nier les évènements qui les avaient conduits à n'être plus qu'une masse de survivants identiques.
La route monte une petite colline qui surplombe la ferme vers laquelle se dirige le groupe.

– On doit être à un kilomètre environ, dit le maraîcher à Lithium, quand le bruit d'une rafale d'arme automatique, suivie du cri des balles sur le métal du tracteur, les interrompt.

Lithium saute de la cabine et se jette en roulant vers le bas côté de la route. Il se retrouve dans les vingt centimètres d'eau froide du fossé. Dans l'action il s'est tordu le bras qui tenait son arme. « pas très pro » pense-t-il dépité.
Le maraîcher descend aussi, plus lentement, et parvient à se mettre entre le tracteur et la remorque sans prendre de balle.
Les hommes derrière, et Julie, attendent les temps morts entre deux tirs pour aller s'abriter entre les arbres. Ils se répartissent de part et d'autre de la route, et attendent. Passé

une ou deux minutes de frayeur, ils se remettent en marche, avançant mètre par mètre ; parce qu'ils ont une tâche à accomplir, parce que plus rien ne doit les arrêter dans leur recherche de sécurité, dans leur éradication de l'ennemi. Ils sont une même volonté, séparée en deux masses.
Parallèles.
Ils ne savent pas précisément d'où viennent les tirs. Personne ne parle. Quand on s'aperçoit, entre la végétation, on se fait des signes de l'index, toujours les mêmes : silence et en avant.
Les tireurs doivent être proches maintenant; probablement en haut de la colline, pour canarder les hommes qui montent. Lithium est sur le côté droit de la route, en première ligne. Derrière lui, il y a l'autre type avec l'AK47, et un homme d'une quarantaine d'années, avec quelque chose de viking : les cheveux blonds un peu longs, avec une barbe taillée en pointe. Avec sa chemise noire aux manches relevées, c'est le moins couvert de tous, comme s'il ne ressentait pas le froid. Sur ses avant-bras courent des lignes qui s'enlacent comme des bracelets. Il porte un fusil à pompe, et court dans les bois avec une agilité et une absence de bruit qui impressionnent Lithium.

Quand ils arrivent à une cinquantaine de mètres du haut de la colline, ils ralentissent, s'attendant à être pris pour cible d'un instant à l'autre. De fait, trois tirs claquent, les jetant au sol. Lithium, allongé derrière un rocher, envoie une rafale dans la direction où il situe ses agresseurs. Au bruit qu'ils font, ceux-ci doivent changer de position. Le groupe de Lithium en profite pour se placer en arc de cercle face à l'ennemi.
Noé avance quelques mètres devant Julie. Il est au milieu de son groupe d'une dizaine de personnes. Tous s'immobilisent quand ils entendent les bruits du combat, de l'autre côté de la route. Aux premiers tirs répondent d'autres plus lointains qui doivent être ceux de leurs alliés qui progressent vers le haut de la colline. Eux aussi continuent de monter, jusqu'à parvenir au sommet. Il n'y a pas d'ennemis de leur côté de la route.
Le bruit de feuillages dérangés sur leur droite les fige sur place, quand une vague silhouette apparaît au bord de la

route. Ce sont deux hommes qui sortent du bois, l'un servant de béquille à l'autre. Alors les tirs se déchaînent du côté de Noé, salvateurs, expiatoires, libérateurs d'une trop grande tension accumulée. Chacun vise comme il peut la silhouette vacillante et contribue à son anéantissement. La peur et la fatigue accumulées sont libérées dans un flot de flammes et de plomb. Personne ne pense au groupe allié, en face, qui pourrait prendre une balle perdue.
Le barrage a cédé, les hommes ce matin civilisés fonctionnent maintenant comme une unique machine, un troupeau, une meute. Les groupes se rejoignent, heureusement indemnes, blêmes automates pressés d'en finir.

– On les encercle et on les bute, dit Lithium, scellant le sort des ennemis.

Alors les hommes, toujours en deux colonnes parallèles, descendent le long de la route vers la ferme. Ils coulent comme une rivière, déterminés à submerger l'ennemi. Ils voient quelques personnes rentrer dans le bâtiment pour s'y protéger, et la jouissance larvée de l'animal qui traque sa proie les habite. Des volets grincent, des portes se ferment, tandis que de la fumée continue de s'échapper de la cheminée de la vieille bâtisse en pierres apparentes. C'est bientôt le dernier signe de vie de l'habitation du maraîcher. De part et d'autre de celle-ci il y a des tunnels de bâches, autrefois transparentes, qui servent à la culture. Autour de la ferme, il y a des champs, cultivés sur leur première moitié seulement, et envahis par une végétation anarchique sur l'autre. C'est dans ces herbes folles, prenant garde à rester hors de portée de tirs, que les hommes encerclent lentement le bâtiment.

Lithium pense qu'il sera difficile dans cet environnement d'utiliser la technique « tirer bouger » car ils sont à découvert. Lui est face à l'entrée de la maison, en première ligne. Noé est avec Julie à l'arrière, pour la protéger, ou peut-être pour avoir une excuse pour éviter la zone principale de combat. Mais c'est vrai que Julie semble en état de choc, déconnectée. Lithium pense qu'elle aurait dû rester au village. Elle n'est pas faite pour cette vie-là. Elle fait partie de tous ces civils qui auraient dû mourir, parce qu'ils étaient trop faibles et pas assez préparés pour le monde de maintenant.

Avant le combat, il essaie de rationaliser, pensant à des données plus ou moins objectives sur les calibres et leurs portées. C'est comme un mantra rassurant. Pourtant, la réalité du combat à l'arme à feu c'est une distance inférieure à 20 mètres, et beaucoup de tirs manqués à cause du stress. Il sait cela, mais voudrait pouvoir tout contrôler :

« Portée des calibres 12, fusils de chasse ou fusils à pompe : raisonnablement 40 ou 50 mètres, aléatoire au-delà. Ça dépend surtout du type de cartouches utilisées et du type de canon : lisse ou rayé. Ces hommes ne sont quand même pas partis au combat avec de la petite chevrotine pour le lapin ou la perdrix ? Non ? Espérons qu'ils ont surtout de la grosse chevrotine pour la grande chasse ou de la Brenneke, ces espèces de torpilles capables de traverser un mur.

Portée des Sigs et armes de poing : 50 mètres, mais un tireur moyen devrait toucher sa cible dans les 20 mètres.

Portée des 22 long riffles : entre 50 et 100 mètres pour une distance létale utilisable. Ceux-là devraient toucher leurs cibles, s'il n'y a pas de vent, parce qu'ils tireront de loin et donc avec moins de stress.

Portée des kalashs 200 mètres, jusqu'à 400 pour de bons tireurs, pourvu qu'il ne leur en reste pas trop.

Combien sont-ils encore ? Sont-ils en supériorité numérique ? Avec quelles armes ? Seront-ils déterminés ? »

Trop de questions ne trouveront leurs réponses qu'après le début des hostilités, il y a trop de paramètres qu'il ne peut pas gérer, or un bon combat est un combat qu'on est sûr de gagner, ou que l'on évite.

Un frisson remonte le long de sa colonne vertébrale, lui, le guerrier, prend soudain peur du combat imminent. Il sait qu'il peut mourir dans les minutes qui vont suivre, comme il aurait pu mourir un peu plus tôt dans la journée, alors qu'il n'en avait pas conscience. Est-ce qu'on meurt si on doute ? Est-ce qu'il ne faudrait pas avoir un plan un peu plus précis que cette mise à mort par encerclement ?

Et les coups de feu tapent. Et les coups de feu claquent. Et les coups de feu résonnent contre les murs de pierres jaunes de la ferme, le sortant de l'angoisse, le rappelant à la réalité.
D'une fenêtre sont partis deux tirs séparés d'une seconde et demie, comme sans conviction. Avant que le deuxième ne parte, des tirs venus de tout autour lui ont répondu de leur voix de mort : des tirs vers le flash de la détonation, mais aussi dans les portes et dans les fenêtres, vers tout ce qui pourrait répondre. Lithium, debout, prend les frappes du recul de son arme dans son épaule comme autant de shoots d'adrénaline.
Quand les tirs s'arrêtent, ils reprennent aussitôt que le moindre mouvement, le moindre grincement, le moindre signe de vie se manifeste.

Cinq minutes interminables passent, durant lesquelles on entend des ordres aboyés dans la maison et des pleurs de femmes et d'enfants.

Parce qu'elle les entend, Julie voudrait crier aux hommes qui l'entourent de cesser le feu, mais elle deviendrait alors une cible facile. Et puis elle est épuisée. De toutes les façons les assaillants sont trop éparpillés pour pouvoir se faire entendre de tous.

Sur l'avant de la maison, deux volets du premier étage s'ouvrent à la volée et frappent si fort le mur que l'un d'eux se casse et tombe trois mètres plus bas. Le bruit qu'il fait est couvert par les rafales d'armes automatiques qui jaillissent des fenêtres. En face tout le monde s'est jeté à terre, tandis que trois hommes armés tentent une sortie par la porte principale.
À quelques mètres à gauche de Lithium, quelqu'un hurle de douleur.
Les trois hommes sortis de la maison se sont postés derrière un petit muret de pierre et ils arrosent tout ce qu'ils peuvent,

appuyés par ceux qui tirent des fenêtres. Ils parviennent à désorganiser les assaillants qui reculent. Lithium fait partie de ceux qui courent, le buste penché en avant, pour se cacher plus loin dans les herbes hautes ; sachant qu'ils n'ont rien de solide pour se protéger des balles, ils s'attendent à chaque instant à être fauchés par un morceau de plomb.
Alors qu'il était de l'autre côté, où plus rien ne se passait, Noé a fait signe à Julie de ne pas bouger et d'attendre à couvert.

– Empêche-les de faire un massacre, lui dit-elle quand il s'éloigne. Essaie de gérer Lithium.

Le voyant contourner la maison par la gauche, l'homme à l'apparence de viking, armé d'un fusil à pompe s'est glissé avec lui. Collés au mur aveugle ils reprennent leur souffle une seconde. Noé risque un regard du côté où les coups de feu continuent de tonner. De l'index, il désigne les tireurs ennemis à son compagnon indiquant les trois devant et ceux aux fenêtres ; ensuite il lui montre la position qu'ils vont prendre, sur la droite, en retrait pour ne pas être à portée des tireurs de l'étage. Enfin, il lui montre trois doigts et commence à décompter en les baissant un à un. Au moment où son poing se ferme, les deux hommes s'écartent de l'angle de la bâtisse et arrosent ceux qui, derrière le muret, s'effondrent avant d'avoir pu se retourner.
En face, les tirs reprennent, sporadiques, tapant les murs et les fenêtres. Tout le monde commence à manquer de munitions.
Noé aperçoit Lithium debout, son casque de CRS le fait paraître monstrueux. Il est comme possédé par son arme, tirant sur la maison complètement à découvert. Le vieux chasseur, couché, lui fait signe de se baisser, sans succès. Plus personne ne tire à part lui. Quand son arme est vide, il la pose par terre, sort son Sig et continue à tirer en avançant vers la maison.

– On devrait retourner derrière, dit Noé au Viking qui introduit des nouvelles cartouches dans son arme et la charge d'un claquement brutal. Il faut vérifier que personne ne s'échappe par les fenêtres. Ici on risque de se taper des balles « amies ».

– T'as raison, lui répond-il avec un léger accent germanique.

Et ils retournent dans le champ où ils étaient quand a commencé l'assaut. Noé retrouve Julie et s'allonge à son côté, accompagné de l'autre homme.

– J'ai gardé un paquet de clopes sur moi, depuis tout ce temps, dit le Viking.

Il ouvre le paquet comme s'il avait oublié comment en ôter le blister en plastique, comme si ces produits manufacturés appartenaient à une époque oubliée dont il fallait se remémorer les codes compliqués. Ensuite, cérémonieusement, il fait sortir, en partie, une cigarette du paquet qu'il tend à Julie, puis il en tend une à Noé et enfin, il prend la sienne qu'il glisse sous son nez en inspirant amoureusement l'odeur de tabac.

Autour, c'est le silence.

Le soir tombe.

Le briquet passe de main en main et bientôt les bouffées de fumée troublent l'atmosphère pesante et les esprits en volutes torsadées.

Autour des fumeurs, les gens se lèvent et se rapprochent de la maison. Julie et ceux qui l'accompagnent se joignent au mouvement. En chemin elle manque de tomber sur le cadavre d'un homme avec une chemise rouge. Elle ne le reconnaît pas, mais a une pensée pour celui qu'il a été et pour sa famille. Sans pouvoir le regarder, elle trace dans la terre, à côté de son visage, la rune de la graine : Ingwaz, pour lui souhaiter un bon retour à la Terre, pour qu'il reparte dans le cycle des mutations qui fera de lui : une fleur, de l'herbe, quelques gouttes dans un ruisseau, quelques molécules d'un insecte, pour que toujours il soit une forme de vie, pour que toujours, il célèbre la vie.

Le temps passe, la maison est comme morte, cernée par des charognards.

Un drapeau blanc s'agite, issu d'une fenêtre du rez-de-chaussée. Julie voit qu'il s'agit d'un balai surmonté d'un morceau de drap.

– Laissez-moi sortir ! Laissez-moi sortir ! crie l'homme qui le tient.

Tout le monde se rapproche de la maison, à découvert. Chacun menace de son canon les ouvertures de la bâtisse. L'assaut final approche.

– Je suis médecin ! Je ne suis pas un combattant ! Ne tirez pas ! dit le petit homme au crâne dégarni qui apparaît dans l'embrasure de la porte d'entrée, face à une forêt d'armes pointées dans sa direction. Il y a des femmes et des enfants ! Ne tirez pas !

– Vous avez violé et tué ma femme ! Vous crèverez tous aujourd'hui ! beugle le maraîcher.

– Moi je n'ai tué personne ! Ni ces femmes ni ces enfants ! Laissez-nous partir !

– Vous déposez toutes vos armes, et on vous laisse partir après ! lui répond le maire.

– Ecoutez-moi... J'ai jamais voulu tout ça... Je suis médecin... Il reste deux hommes en haut, ils sont blessés... Laissez-moi les soigner... Il y a aussi des femmes et des enfants... Vous n'allez pas tous nous tuer... Ils n'y sont pour rien. J'ai une fille d'à peine 3 ans... Laissez-nous partir.

– Qu'ils crèvent ! dit un des hommes du village. Ils ont voulu faire de nous des esclaves ! Ils nous ont tirés dessus ! Ils ont buté plusieurs de nos voisins, de nos amis ! Si on ne les tue pas tous, ils reviendront !

– Arrêtez ! crie Julie. On a tué assez de gens pour aujourd'hui ! Laissez-les partir !

En s'adressant au groupe, elle cherche Noé et Lithium du regard, espérant qu'ils la soutiendront. Noé est avec le Viking, le regard absent. Mais elle ne voit Lithium nulle part.

– Noé, t'as vu Lithium ?

– Non, il n'est pas avec toi ?

Prise d'une sensation de froideur remontant dans ses membres, Julie se met à crier :

– Lithium ! Lithium ! Où t'es bordel ?

Noé accourt auprès d'elle et parvient à la retenir, tandis que prise de vertiges, elle s'effondre doucement par terre.

– Trouve-le Noé, il faut pas qu'il soit mort. Il y a eu trop de morts. On a perdu la raison, trop de soif de sang. Il faut sauver les femmes, les enfants et tous ceux qui peuvent être sauvés. Il faut sauver le médecin aussi. Je suis enceinte, Noé. De toi. On aura besoin d'un médecin.

Noé essaie de l'allonger confortablement par terre, avant de partir à la recherche de Lithium, il appelle :

– Viking ! Amène-toi ! Garde un œil sur elle s'il te plaît.

Et tandis qu'il s'éloigne, sans attendre de réponse, il entend plusieurs coups de feu dans la maison. Malgré la pénombre qui s'installe, il n'a pas à chercher trop longtemps. Lithium est allongé sur le dos, il râle. À travers la visière de son casque, Noé voit ses grands yeux ouverts qui fixent le ciel et semblent surpris. Il est couvert de sang, du haut de son blouson jusqu'à sa main gauche qu'il tend vers lui.

– T'es vivant ? lui dit-il. Merde, c'était moi le spécialiste du combat. J'ai merdé. Encore une fois. Au moins, mon clan n'est pas mort cette fois. T'es un bon chef de groupe Noé. Désolé pour toutes ces fois où je t'ai fait chier. Occupe-toi bien d'Alban. J'aime bien ce gosse.

– Mais ta gueule ! Ça va aller. Docteur ! Amenez-moi le docteur ! hurle Noé. Vous avez pas intérêt à l'avoir buté ! Amenez-moi le docteur !

5 mois avant

Matos

Noé essayait de dépenser le moins possible, mais tout de même, cette préparation lui coûtait de l'argent. Il rognait sur les dépenses inutiles, par exemple, il ne mangeait jamais dans les hôtels qu'il fréquentait. Il se contentait d'un sandwich et d'une bière, le midi comme le soir. Par contre, il était rodé aux petits déjeuners des hôtels bas de gamme, qu'ils soient situés dans des périphéries de grosses villes, ou autour de vagues bourgades du centre de la France, où il souhaitait établir sa BAD.

Le déclic de la bouilloire, enclenchée dès son réveil, lui indiqua qu'il était temps de se lever pour prendre son café. Pouvait-on seulement appeler « café » ce truc lyophilisé en dosette-stick, qu'il buvait bouillant, comptant plus sur la brûlure que sur la caféine pour le réveiller ?

Regardant par la fenêtre le triste ciel de novembre : nuages aux mille variations grises, et pluie fine, il fut rongé un instant par un élan de pessimisme. Il tenta aussitôt de retrouver un peu d'espoir en se disant qu'il vivait le luxe incroyable de pouvoir manger et boire des aliments facilement accessibles, et le tout bien au chaud, situation qui peut-être ne durerait pas, ou tout du moins était susceptible de disparaître d'un jour à l'autre. Pour s'en assurer une nouvelle fois, il alluma la microscopique télévision pour regarder une chaîne d'info en continu. Une nouvelle attaque de pompiers et de policiers dans une banlieue, ainsi que les revirements, les reniements, les pleurnicheries et les promesses des divers banquiers et politiques qu'il vit défiler en quelques minutes sur le plateau, le renforcèrent dans sa conviction qu'il fallait se préparer au pire.

Regonflé un peu, il éteint et rangea ses quelques affaires dans son sac (dont un livre sur la permaculture). Ensuite il s'habilla : sweat épais, jeans, chaussures de marche, parka et bonnet : low profile.

L'hiver lui permettait de porter son EDC dans ses poches. En été il devait avoir sur lui un petit sac en bandoulière. EDC : pour Everyday Carry. Tout le monde porte chaque jour sur lui quelques objets qui lui sont indispensables, mais pour les survivalistes, ça va un peu plus loin. C'est la réunion du strict nécessaire pour pouvoir faire face, tant que faire se peut, au fameux « K2KK » selon la formule employée sur certains blogs. Pour Noé cela consistait en : son portefeuille avec ses papiers et toujours deux cents euros en liquide : tant que l'argent aurait de la valeur, il pourrait avec ça payer de la nourriture ou soudoyer quelqu'un. Venaient ensuite : des mouchoirs en papier (pour se nettoyer, panser une plaie, allumer un feu...), un briquet, un marqueur (pour laisser un message, indiquer sa position, frapper un ennemi sans le tuer), une petite lampe torche à LED (peu gourmande en énergie et utilisant une pile AAA, facile à se procurer), ses clefs, son téléphone portable, sa montre, un couteau suisse (alliance subtile d'efficacité et de discrétion en cas de fouille par la police), quelques médicaments (aspirine, antihistaminique, désinfectant local et antibiotique généraliste, de type pénicilline), des gants de bricolage, un foulard, de la ficelle et une gourde souple vide.
Pour beaucoup de survivalistes, la constitution de l'EDC donnait lieu à des analyses, des tests comparatifs et des observations sur le rapport entre efficacité et portabilité. Pour les Américains, il fallait rajouter la recherche de l'arme à feu discrète, la plus efficace possible. En France, impossible de se promener avec une arme à feu, tant que les lois seraient appliquées en tout cas. C'est un domaine que Noé ne connaissait pas trop, mais pour défendre sa base, il allait s'y mettre.

Tandis qu'il errait sur les petits chemins de campagne, cherchant un lieu suffisamment isolé, avec de l'eau, des ressources accessibles, et un peu de terre pour cultiver, essayant d'éviter l'embourbement de son monospace, il

repensait à ce qu'il savait de l'armement, selon les survivalistes.
Lors de sa première rencontre avec le groupe de Steph, Lithium, dont c'était la spécialité, lui avait expliqué les bases de l'armement dans le survivalisme. Selon lui, il fallait les armes les plus polyvalentes possible, c'est-à-dire des armes susceptibles de ramener du gibier et de défendre la base : principalement une carabine 22 long riffle, un fusil de chasse en 12, et, merveille et amour de Lithium et de ses confrères, un Mosin Nagant (en 7.62 par 54R). Pourquoi un Mosin Nagant ? En fait pourquoi plusieurs Mosin Nagants ? Lithium lui avait répondu avec enthousiasme :

– D'abord c'est une belle arme, non ? Des lignes simples, élégantes, on sent la recherche d'efficacité des Russes... Tu vois, quand les Russes et les Américains se tiraient la bourre pour la conquête spatiale, ils ont été confrontés à de nombreux soucis, comme la prise de notes par exemple. Pour pouvoir écrire en apesanteur, les Américains ont créé un stylo à bille dont la cartouche d'encre est pressurisée, parce que sans l'attraction terrestre, l'encre n'a aucune raison de descendre sur la feuille. Tu sais ce qu'ont fait les Russes ?

– Mieux j'imagine ?

– C'est une question de point de vue, ils ont utilisé des crayons de papier !

– Pas con.

– Le Mosin Nagant, c'est le crayon à papier de l'armement. C'est une arme qui a été produite de 1891 à 1963, autant dire qu'il y en a des millions en circulation. Résistant, fiable, précis, il a été utilisé par les fameux snipers de Stalingrad. Il a beaucoup d'avantages pour des survivalistes : premièrement il n'est pas cher : moins de 300 euros. Ça permet d'en acheter plusieurs pour avoir des pièces pour réparer. Ensuite sa munition : le 7.62 par 54R. C'est vraiment une munition de gros calibre, ça fait des dégâts monstrueux et c'est relativement accessible et bon marché (90 euros les 200 environ, c'est-à-dire à peine 50 cts la balle).

Lithium lui avait passé une arme dans les mains et Noé avait été surpris par son poids (dans les 4kg).

– Ça c'est le mien ; il date de 1944, il a donc été fabriqué pendant la Seconde Guerre mondiale, ce qui veut dire que c'est une fabrication russe. Il y a des modèles qui ont été faits dans d'autres pays de l'est, mais c'est pas la même qualité. Celui-ci a sans doute tué des hommes.

– Et ça te dérange pas ?

Lithium lança un regard ironique à Noé.

– Ça fait partie de l'histoire de l'humanité, soit tu l'acceptes soit tu te caches les yeux. Tu comprends ce qu'on fait ici ? Je dis pas que j'ai envie de tuer des gens, mais je me prépare, on se prépare, à pouvoir le faire si notre vie ou nos stocks alimentaires sont en danger.

– De là à être content de posséder une arme qui a tué…

– Je dis pas que je suis content de ça. Bon, tu écoutes, ou tu veux rien savoir sur les armes ? J'm'en fous moi. C'est Steph qui m'a dit de te montrer. Tu peux créer ta BAD sans arme si tu veux, et dès que tu seras repéré tu te feras buter. Moi ça me fait marrer les gens qui sont contre les armes à feu…T'as déjà vu un reportage sur les soldes de janvier par exemple ?

– Je vois pas bien le rapport, mais oui.

– Tous ces connards prêts à faire la queue 2 heures dans le froid, prêts à se taper dessus pour économiser 100 € sur un gadget inutile, tu crois qu'ils feront quoi quand leurs gosses auront faim et qu'ils penseront que tu as de quoi les nourrir ? Je vais te dire ce qu'ils feront, ils viendront, ils te tueront et ils prendront ce que tu as. Nous on les recevra. On leur fera goûter au 7.62 par 54 R, armes qui ont déjà sauvé des vies et qui sauveront les nôtres à ce moment-là.

– Je suis pas contre les armes à feu, puisque je te demande de me montrer. Tu peux comprendre que je suis pas hyper motivé à l'idée de tuer des gens…

Lithium avait continué, de mauvaise grâce.

– En gros ce qu'il faut que tu saches c'est qu'il y a

quatre catégories pour les armes en France :
_ A : Les trucs impossibles à avoir du genre très gros canons, armes tirant en rafale ou armes dissimulées, genre pistolet-canne : tu laisses tomber.
_ B : Les armes soumises à autorisation préfectorale, notamment les armes de poing comme les pistolets et les revolvers. Il y a un débat dans notre groupe pour savoir si on doit s'en procurer. C'est possible si on est chasseur ou inscrit dans un club de tir, mais ça demande aussi de donner un extrait d'acte de naissance, et une autorisation spéciale de la préfecture qui oblige à avoir fait des tirs règlementaires en club. Ça implique qu'on est un peu plus surveillés, peut-être qu'en cas de crise, les autorités pourraient nous retrouver plus facilement pour confisquer nos armes... Après, avoir des armes de poing, des Glock par exemple ça serait une solution de défense efficace, mais bon pour l'instant on se contente d'armes qui rentrent dans la catégorie C.
_C : les armes soumises à déclaration. C'est le Graal, la catégorie qui nous intéresse. Pour y avoir accès, il te faut soit un permis de chasse, soit une licence délivrée par un club de tir. Pour la plupart d'entre nous, on a adhéré à un club de tir. Ça coûte dans les 200 euros la première année, 150 dès la deuxième. Il te suffit d'avoir une autorisation du médecin et c'est parti ! On te délivre cette jolie carte plastifiée avec le coq tricolore de la FFTir, et tu peux aller chez ton armurier chercher une 22, un 12, un Mosin Nagant ou une autre arme dédiée à la chasse au tir ou au TAR c'est-à-dire le Tir d'Armes Règlementaires (en général des armes militaires anciennes). Ça t'autorise aussi à posséder 1000 cartouches par arme et par an.
_D : les armes facilement accessibles, du type armes à poudre noire, couteaux ou bombes lacrymogènes. C'est pas con, tu sais, la lacrymo en gel pour défendre ta BAD ; comme solution alternative, il faut y penser.

Jusque là, Noé n'avait pas encore eu le temps de s'inscrire dans un club de tir, sa priorité étant de trouver le lieu pour sa BAD.

Il était aux alentours de 13 heures, la pluie fine semblait ne pas vouloir cesser depuis le matin, quand il décida de s'arrêter sur le bas côté de la route pour manger son sandwich biquotidien. Il profitait de ses repas pour faire des tests, réutiliser les techniques qu'il avait découvertes dans ses différentes recherches. Aujourd'hui, c'était pain et viande séchée. De nombreux sites et articles décrivaient comment conserver la viande, car être capable de stocker de la protéine serait vital le jour où les bouchers et les supermarchés fermeraient.
Pour ce test, il avait pris du gros sel avec lequel il avait frotté, puis recouvert un gros morceau de bœuf. Il avait laissé la préparation dans le box de sa voiture, ce qui ressemblait le plus chez lui à un endroit frais et sec, pendant trois jours, en prenant soin (toutes les 12 heures idéalement) d'en retirer le jus qui se formait (la saumure). Après cela, il avait retiré le sel et laissé tremper sa viande 24 heures dans de l'eau froide, en changeant l'eau de temps en temps. Enfin, il avait essuyé sa viande, et l'avait roulée dans des épices pour qu'elles pénètrent, et il avait ficelé le tout dans un tissu.
Le résultat donnait un sandwich pas trop mauvais, mais rien n'était trop mauvais accompagné d'une bonne bière. C'était peut-être ça qu'il aurait du apprendre à faire : brasser sa propre bière.

Après avoir pissé contre un arbre, et donc médité 30 secondes sur la futilité de l'existence, il remonta dans sa voiture pour s'enfoncer dans des chemins éloignés des grandes routes. Il traversa un petit village, puis des champs, et au détour d'une petite forêt sa voiture glissa sur le bas-côté pour s'embourber complètement. Devant l'impossibilité de se sortir de cette situation tout seul, il décida d'aller chercher de l'aide en continuant à pied. Le village qu'il avait passé devait être quatre ou cinq kilomètres derrière lui et il espérait trouver une aide plus proche.
Après avoir marché une dizaine de minutes, enfermé dans sa parka, le visage sablé par la pluie, il découvrit une maison, un corps de ferme plutôt, en forme de U bordé par une petite forêt. En s'avançant vers le portail, il découvrit un détail dans

la cour qui éveilla sa curiosité : un puits. La pluie faisait un bruit régulier, apaisant, en tombant sur le toit de la bâtisse et sur les arbres fruitiers au fond de la cour. Il vérifia qu'il n'y avait pas de chien, puis alla frapper à la porte.
Un homme âgé, aux cheveux blancs et à la barbe hirsute, portant un pull en laine et des petites lunettes ovales lui ouvrit.

– Qu'est-ce que vous voulez ?

– Excusez-moi de vous déranger, mais ma voiture s'est enlisée un peu plus haut ; est-ce qu'il serait possible que vous m'aidiez à la sortir de la boue ?

– On va voir ça.

S'adressant à une personne dans la maison il cria :

– Laurette ! Je vais désembourber un touriste et je reviens !

Il se reprit aussitôt :

– Le prenez pas mal, hein ? On ne voit pas souvent du monde par ici.

– Pas de problème.

– J'm'appelle Louis, dit le vieil homme en lui tendant une main calleuse et rêche.

– Noé. Merci de m'aider.

Sans prendre de manteau, l'homme sortit avec Noé et ils se dirigèrent vers une partie couverte du bâtiment qui servait de grange. Ils montèrent dans une vieille Peugeot et Noé indiqua à l'homme où se trouvait sa voiture. Arrivés sur place, le vieux fit demi-tour, tandis que Noé attachait la sangle qu'il lui avait passée à l'anneau de remorquage de sa voiture, à l'avant gauche. Il relia ensuite la sangle à l'anneau de l'arrière de la Peugeot, et il monta dans son véhicule pour le diriger et le stopper quand il serait désembourbé.

– Merci ! Je sais pas comment j'aurais fait tout seul…

– Pas de quoi ! Vous voulez passer prendre un café pour vous réchauffer ?

– Avec plaisir, oui !

Dans la salle à manger, les murs jaunis semblaient imprégnés d'une odeur de chat. Noé s'assit à la grande table en chêne. La faible luminosité avait quelque chose d'apaisant. Laurette, partie à la cuisine, revint avec une bouilloire en métal poli qu'elle laissa à chauffer sur le poêle à bois, qui semblait être la principale source de chauffage du rez-de-chaussée.

– Sans vouloir être indiscrète, qu'est-ce que vous faites par ici ? demanda-t-elle à Noé avec une voix qui restait claire malgré les années.

– Ça va vous paraître bizarre, mais je cherche une ferme, un peu comme la vôtre.

– Vous vous y connaissez en agriculture ? demanda Louis qui avait échangé ses bottes contre une paire de charentaises bordeaux et grises.

– J'apprends. Mais pour tout vous dire, ça serait pas pour cultiver une grosse parcelle, juste de quoi nourrir ma famille.

– Alors vous avez pas besoin d'une ferme. Un bon jardin ça suffirait pour avoir des légumes à peu près pour toute l'année.

– Oui, mais j'ai besoin d'un puits aussi, et d'un poulailler ; et j'ai envie d'un endroit un peu à l'écart, je ne me vois pas dans une résidence avec des voisins bruyants un peu partout.

– Vous savez, reprit Louis, je veux pas vous faire changer d'avis, mais des gens qui viennent s'installer à la campagne et qui repartent au bout d'un ou deux ans, y en a plein. Vous vous ennuieriez pas ici ?

– Non, je pense pas. J'ai beaucoup réfléchi et je pense que c'est ce qu'il faut dans ma vie. Je vis dans un petit studio, dans une banlieue triste. J'accepte ça parce que je mets de l'argent de côté pour pouvoir en partir un jour. Je ne veux pas que ma fille vive en ville, avec l'insécurité, la violence… Je ne veux pas qu'elle soit obligée de rentrer tôt pour éviter de se faire agresser, je ne veux pas qu'elle soit insultée quand elle grandira parce que des types pensent qu'une fille ça vaut pas grand-chose. Ce que je veux pour elle c'est un monde sain, de travail de la terre et de calme.

– Et elle, vous êtes sûr que ça lui plaira ? demanda Laurette en lui versant de l'eau chaude dans un verre à moutarde au fond duquel elle avait mis un peu de « ricoré » et un cube de sucre de canne. Vous savez, nous aussi on en a une, de fille. Dès qu'elle a pu, elle est partie faire des études, elle s'est mariée et elle est partie vivre en ville. Elle a un bon travail maintenant, elle est conseillère à la banque postale. Mais elle ne vient pratiquement plus jamais nous voir. Une fois à Noël, parfois en juillet, en janvier elle nous envoie ses vœux et c'est tout. Vous ne croyez pas que ça risque d'être pareil avec votre fille ?

– J'ai jamais trop pensé à ça. J'espère la rendre heureuse. La protéger. Vous savez ce que c'est que d'être parent… Moi, ma fille, elle vit principalement chez sa mère. On est séparés. Sa mère, elle lui apprend que ce qui est important c'est d'être belle, de gagner de l'argent. Quand elle est chez moi, je me dis que je passe pour un vieux con, pardonnez l'expression. Bien sûr, elle m'aime, je suis son père. Mais j'aime pas qu'elle soit élevée avec d'autres valeurs. Alors ce projet, j'espère que ça lui donnera envie de changer, de venir plus souvent me voir.

– Mais vous abandonneriez votre travail… vos amis ? demanda Louis.

– Je pense qu'un changement de vie est nécessaire… Et pour mon travail, je suis secrétaire médical, je peux travailler de chez moi la plupart du temps. Il faut que je vous pose la question : Vous seriez intéressés de vendre votre ferme ?

– Pour l'instant non, répondit Louis. C'est plus que notre maison, c'était celle de mes parents. C'est aussi la terre qui nous nourrit. Un jour, dans quelques années, on ne pourra plus travailler, et la maison sera trop grande. Notre fille la reprendra pas, alors peut-être qu'on sera contents de vendre pour acheter quelque chose de plus petit et essayer de vivre avec notre misérable retraite, et un petit jardin. Mais pour l'instant non.

– Je comprends, bien sûr. Je vais continuer à chercher, alors. Je ne voudrais pas abuser de votre temps, vous avez été très gentils avec moi ; mais est-ce qu'il serait possible que j'aie votre numéro de téléphone, et que vous ayez le mien, si jamais vous souhaitiez vendre ?

20 mois après

Renouveau

Manon et Cyril ont accompagné Alban au village. Julie n'est pas venue. Avec Noé ils veulent prendre du recul avant de revoir les visages de ceux qui les ont accompagnés dans la tuerie. Alban c'est différent. Il y vient pour deux raisons selon sa sœur, une bonne et une mauvaise. La bonne c'est qu'il souhaite rencontrer la fille du maraîcher, Jeanne. Le village, le maraîcher et le groupe de Noé ont conclu un accord d'entraide pour les travaux agricoles ainsi qu'un pacte de non-agression et de défense mutuelle, alors ils se rencontrent souvent. La mauvaise raison se situe à une extrémité du village : dans ce qui ressemble à un petit champ muré et jonché de pierres, Alban demande à y revenir pratiquement une fois par semaine.
Il ne rentre entre ses murs que seul. Il s'approche en silence, respectueusement du monticule de terre. Sur la croix de bois, qu'on dirait faite avec des lattes de sommier, quelqu'un a gravé « Lithium » et Alban se désespère que personne, pas même lui n'ait connu son véritable prénom. Les trois autres tombes fraîchement creusées sont celles des alliés tués pendant la bataille : il y a celle du couple de vieux tué chez eux, celle, très fleurie, du père de famille qui avait pris une balle dans le ventre, et enfin celle de l'homme tué en même temps que Lithium. Après de longues discussions, on a décidé d'enterrer les ennemis aussi dans le cimetière communal, on les a juste séparés des autres. Julie notamment a plaidé pour qu'on puisse voir encore les traces de leur passage au sein de la communauté. C'est aussi par respect pour leurs femmes et

leurs enfants qui ont décidé de s'installer ici. Où auraient-ils pu aller ? Ainsi la mort rapproche les ennemis d'hier, comme dirait Julie, noyant les rancunes éphémères dans l'oubli qui progresse.

Alban pose son sac à dos par terre, en ouvre la poche centrale dont il sort un sac plastique poisseux. Et dire qu'on les donnait avant dans les supermarchés, maintenant il faut les laver pour pouvoir les réutiliser. Ces connards d'ancien-mondiens ne connaissaient vraiment pas la valeur des choses se dit-il. Du sac il sort la tête d'un lapin qu'il montre à la croix.

– T'as vu ? C'est moi qui l'ai attrapé avec un collet. Comme tu m'avais montré. Sauf qu'ensemble on n'en a jamais pris. J'ai bien regardé où les lapins passaient, et je l'ai posé en faisant pratiquement pas de traces, en ne laissant pratiquement pas d'odeur. J'ai pensé que ça te ferait plaisir de le voir. Je voulais te montrer que tu m'as appris des choses. Comme un père. J'ai bien aimé les moments où on était ensemble. Tu parlais pas beaucoup. Mais c'est pas grave. Tu sais, même Julie et Noé sont tristes pour toi. Je sais pas s'ils t'aimaient beaucoup, mais ils s'étaient habitués à vivre avec toi. Ils ont ramené à la maison le casque que tu avais pris sur le chef des ennemis. C'est comme un trophée dans l'entrée qui me fait penser à toi et me rend fier de ce que tu as fait. Quand même, ça fait vide, la table, le soir comme y a pas ton couvert. Je vais pas pleurer comme une gonzesse ! Tu m'as appris à être fort. Et tu sais, ta 22 CZ, c'est moi qui en ai hérité. Je l'entretiens nickel. Je serais bien venu avec pour te la montrer, mais ma sœur n'a pas voulu. Elle ne veut plus voir d'armes et elle ne veut pas que je m'entraîne au tir, même une balle ou deux. Bon je préserve mes balles comme ça, comme tu m'as appris. Je t'aurais bien laissé la tête de lapin sur ta tombe, pour te faire plaisir, mais j'ai eu peur que les autres la voient et qu'ils pensent que je suis un psychopathe. Alors bon je t'ai amené quelques fleurs que j'ai trouvées sur le chemin. J'espère que tu trouveras pas ça trop con, mais bon je me voyais pas venir les mains vides. Je te laisse, de toutes les façons je sais même pas si tu m'écoutes. Mais si tu m'écoutes, je veux te dire que j'ai des bons souvenirs de toi.

Tandis qu'Alban laisse un bouquet de fleurs sauvages au cimetière, Manon et Cyril font du troc au village. Avec la nouvelle alliance, ils semblent plus heureux ; ils voient du monde et sortent du cocon de la base qui leur semblait souvent trop étroit.
Aujourd'hui, ils sont venus avec des paniers pleins de fruits et de légumes, principalement des courges et des pommes. Ils aimeraient les échanger contre un lapin (vivant), pour un jour en avoir un deuxième et pouvoir commencer un élevage, et diversifier leur apport en protéines. Ils avancent dans la rue principale où se fait désormais le troc. On a peint sur les portes des habitations des écussons représentant le type de marchandises ou de services que l'on peut y trouver : ici des légumes, ici du poisson, des ciseaux indiquent un coiffeur, une aiguille et du fil pour le « raccommodeur », des bandages pour le nouveau docteur (installé avec le vétérinaire), des lèvres maquillées sur la maison nouvellement acquise par les veuves de guerre, etc…
Alors qu'ils allaient frapper à la porte sur laquelle est dessiné un lapin, un homme les accoste. Il est athlétique, la trentaine, très brun. Ses cheveux courts bien coupés et sa tenue plutôt adaptée au travail en bureau tranchent avec la situation. Il leur lance un sourire radieux accompagné de l'ébauche d'un clignement de ses yeux noirs lumineux.

– Vous avez un instant ? leur demande-t-il avec une pointe d'accent du sud-ouest.

– Qu'est-ce qu'on peut faire pour vous ? demande Manon.

– Vous venez troquer n'est-ce pas ?

– Oui, pourquoi ? Vous avez des lapins ?

– Non, mais je peux vous échanger vos deux paniers de nourriture contre une pièce en argent. Je vous propose ça parce qu'on a un pacte d'amitié avec vous, sinon je garderais mon argent. Une pièce comme celle-là, dit-il en sortant l'objet de sa poche avec des airs de conspirateur, ça valait une cinquantaine d'euros dans le monde d'avant. Maintenant… C'est inestimable. C'est pratiquement impossible de pouvoir trouver ça. En signe d'amitié donc je vous la propose contre vos légumes.

– C'est gentil, répond Cyril, mais nous on est venus chercher un lapin, pas une pièce. Ça se mange pas une pièce. Qu'est-ce qu'on en ferait ?

– Je vous le dis, ça vaut une cinquantaine d'euros, vous pourrez l'échanger contre autant de lapins que vous voudrez !

– Voilà ce que l'on va faire alors, répond Manon, vous prenez votre pièce, vous l'échangez contre des lapins, et ensuite, on vous passe nos légumes contre un lapin.

– Vous ne comprenez rien à la loi du marché, je pensais que vous étiez plus ouverts que les gens d'ici… Un jour, quand le marché s'ouvrira sur d'autres villages, qu'on troquera avec des gens plus lointains, vous regretterez de ne pas avoir accepté ma pièce, l'or et l'argent sont des valeurs refuges depuis des millénaires, ce n'est pas cette petite crise qui va changer grand-chose. Dans un mois, dans un an, on réutilisera une monnaie, et ça commencera forcément par l'argent et l'or.

– T'as peut-être raison, dit Cyril calmement, je ne connais rien à la loi du marché, et j'espère pour toi que tu t'en sortiras avec tes pièces, mais dans l'immédiat la seule loi qui tienne c'est l'offre et la demande, et nous on veut un lapin, à la rigueur du poisson, et t'as pas ça. Si tu veux des légumes, va travailler pour le maraîcher, il a besoin de main d'œuvre. On vit dans un monde sans banquier, pourvu que ça dure. Pas d'argent, que du travail et du troc. Les banquiers ont pourri le monde, et la dernière banquière qu'on a croisée, on lui a pas porté bonheur…

– Qu'est-ce que vous voulez dire ? Vous me menacez ? De quelle banquière vous parlez ? De la fille des gens chez qui vous vivez ?

– Non pardon, on a eu une attaque de nuit ; des rôdeurs… On les a tués. L'un des deux était une banquière qui avait bien mal tourné. Rien à voir avec la fille des gens qui nous ont vendu la base.

Avant de repartir à la base, avec leur lapin dans une petite cage de bois et de grillage qu'ils ont promis de rapporter « déjà qu'on vous fait le lapin à pas cher, pour célébrer notre nouvelle amitié », Manon, Alban et Cyril sont invités à la mairie pour boire une tisane. Ils passent devant des maisons habitées, pleines de bazar récupéré dans les maisons abandonnées, parce qu'on est plus à l'abri d'avoir besoin de quoi que ce soit, et que dorénavant tout se troque. Comme dans leur base, l'absence d'eau courante a réactualisé l'usage des toilettes en extérieur et des pots de chambre, dont les contenus sont mis au fumier, que l'on épand sur les potagers, dans les jardins. Manon a du mal à se faire à l'odeur de ce nouveau monde.

Dans une petite salle de la mairie, dont le sol et les murs sont couverts de tapis pour l'isoler, ils s'assoient en compagnie du maire et de son nouveau conseiller. Ça sent les « herbes magiques » que Julie a l'habitude de cueillir dans les sous-bois pour guérir tout et n'importe quoi. Un morceau de jazz issu d'un tourne-disque hors d'âge, remonté à la main, ainsi que la présence en grand nombre de bougies, donnent une couleur « années 30 » à la scène.

– Ça fait une éternité que j'ai pas entendu de musique, dit Cyril.

– Agréable, non ? reprend le maire. C'est paradoxal, mais à notre époque, seule la musique enregistrée sur de vieux disques est encore audible. Tous les morceaux « récents » enregistrés sur des supports numériques sont devenus inaccessibles, peut-être perdus à jamais.

– Je ne sais pas si Noé vous a parlé de moi, dit le conseiller du maire, mais on était ensemble lors de l'assaut.

– Oui, dit Manon, il nous a parlé du « Viking du village ».

– Ach, oui, c'est vrai qu'il m'appelle comme ça. J'étais rien du tout pendant longtemps vous savez, reprend-il avec son accent allemand et son élocution lente. J'ai connu la misère, même dans ce village, j'étais l'homme à tout faire parce que plus personne ne se servait de ses mains. Un jour charpentier, un jour plombier, un jour maçon. Maintenant ce sont des savoirs essentiels dans un village. C'est pour ça que monsieur le maire m'a pris comme conseiller. Pour ça et pour mes expériences de vie en communautés de clochards, de hippies, de punks, de zadiste... Ça m'a appris à vivre avec pas grand-chose. Et ça tombe bien, y a plus grand-chose.

– Vous souhaitiez nous parler ? demande Cyril.

– On voulait juste savoir où vous en étiez, répond le maire, savoir comment vous voyez les choses.

– On voulait aussi des nouvelles de Noé et Julie, reprend le conseiller. On ne les voit plus. Julie est enceinte, n'est-ce pas ? Peut-être qu'elle pourrait venir s'installer ici, le temps de la grossesse, pour bénéficier du docteur en cas de besoin. Avoir un enfant c'est quelque chose, surtout dans ces conditions.

– Ma sœur a été très choquée par ce qu'elle appelle « la tuerie », intervient Alban. Mais peut-être qu'avec le temps elle décidera de revenir ici. En tous cas, merci de votre proposition.

– Notre village est vieillissant, dit le maire, alors on accorde beaucoup d'importance à notre alliance avec vous.

– Et notre village est assez grand pour vous accueillir, ajoute le Viking. Vous pourriez vivre ici, aussi bien que dans votre ferme, et vous bénéficieriez de la protection de tous, dans la même mesure que vous nous protégeriez.

– Je pense que c'est trop tôt pour envisager cette solution, intervient Cyril. Mais je vais en parler à Noé.

– C'est votre chef ? demande le maire.

– En quelque sorte, reprend Cyril. C'est lui qui avait prédit la catastrophe, et qui l'avait anticipée. C'est lui qui a acheté la ferme et nous y a fait venir. Sans lui on serait peut-être tous morts.

– Réfléchissez à notre proposition, dit le Viking. On pourrait faire un groupe solide. Et puis un jour ou l'autre, on voudrait faire de l'élevage de poisson dans l'étang communal, on pourrait avoir besoin de vous. Il faudra aussi explorer les alentours, de plus en plus loin pour savoir où en est le monde. Il faudra que l'on envoie des expéditions vers la mer pour refaire le stock de sel pour conserver la viande ; il faudra que l'on envoie des gens vers les villes pour trouver des médicaments… Pour toutes ces choses on aura besoin les uns des autres.

En rentrant vers la base, Manon, Alban et Cyril sont silencieux. Seul le lapin s'agite dans sa cage. Noé, Julie, Marion et Mélissa doivent avoir fini de préparer le clapier. Ça sera une nouvelle responsabilité pour le groupe, mais aussi une nouvelle opportunité pour survivre. Avec l'alliance ils se sentent tous plus forts, moins isolés. Mais au point d'abandonner leur base ?
Dans les bois Alban s'arrête près d'une souche d'arbre mort. Manon et Cyril s'approchent de lui. Il leur désigne du doigt un énorme insecte vrombissant.

– Je sais pas ce que c'est, dit-il. Et vous ?

– Non plus.

– Pas plus.

– C'est vraiment dommage qu'on ne connaisse pas mieux la nature. Si ça se trouve, c'est un papillon tout con, et on le reconnaît pas. Mais si ça se trouve aussi, le monde a tellement changé que même les animaux ne sont plus les mêmes, ils ont chopé des radiations de centrales nucléaires à l'abandon ou des trucs comme ça, mais nous, on peut rien savoir parce qu'on ne connaît rien. Si j'avais su, comme Lithium et Noé, je me serais mieux préparé ; pas vous ?

La grande crise du 4 avril

Comme explicité ci-dessus

On avait longtemps joué à faire croire que le système économique était viable, alors que tous les gens informés savaient qu'il ne tenait sur rien. Lors de la crise financière de 2008 déjà, les journaux télévisés avaient montré avec délectation les larmes de traders, avouant qu'ils étaient des fumiers, conscients de toucher des salaires mirobolants alors même qu'ils ne créaient aucune richesse, qu'ils jouaient à des jeux électroniques d'achats et de ventes qui ne signifiaient plus rien. La plupart du temps, les actions s'échangeaient en quelques millisecondes via des programmes de plus en plus compliqués, et au final, comme à la bourse ou au casino, la banque finissait toujours pas gagner... Alors c'est vrai, on indexait des produits bancaires sur le prix du blé ou du riz que l'on faisait monter artificiellement, au mépris du risque d'affamer des populations entières, mais comme toujours dans un milieu de connards, on justifiait ses actions par le fait que si on ne le faisait pas, d'autres connards le feraient.

Comme des gamins pris la main dans le pot de confiture, les doigts collants et les babines dégoulinantes, tout ce monde avait fait un gentil mea culpa : « Vous voyez bien qu'on fait n'importe quoi, que l'on joue à des jeux virtuels basés sur du vent, que si vous nous laissez faire vous n'aurez bientôt plus rien et serez chassés de vos maisons. Ne nous laissez plus faire, imposez-nous des règles pour que l'on fasse notre travail malhonnête de façon saine ! »
Mais ceux qui faisaient les règles du système étant précisément ceux qui gagnaient le plus avec lui, on fit de beaux discours, on fronça les sourcils, on promit, on jura, on cracha et on continua sans rien changer.

L'argent réel n'existait pratiquement plus. Le salaire versé en échange d'un travail n'était qu'une goutte d'eau dans l'océan remuant de l'argent virtuel utilisé par les états et les banques. Petit à petit s'était imposée l'idée selon laquelle, avec la mondialisation, chacun tenant l'autre par les couilles, le système ne pouvait pas s'écrouler. On ne laisserait tomber aucun pays, aucune banque, ou aucune organisation trop importante. « Too big to fail », disait-on. Les organismes qui dirigeaient vraiment le monde : banques centrales, FMI... les protégeaient quoi qu'ils fassent afin d'éviter un effet domino désastreux c'est-à-dire la contagion planétaire d'une galère économique : le spillover.

On pouvait laisser s'écrouler de petites entités comme la Grèce par exemple, voire la pousser au désastre, ça ferait réfléchir certains, mais on ne laissait pas s'effondrer de pays trop importants, de trop grosses banques. Ceux-là pouvaient faire n'importe quoi, parier n'importe comment, se lancer dans les placements les plus hasardeux, s'endetter sans limites, sans crainte de retour de bâton ; autant dire qu'ils ne s'en privèrent pas.

Dans les années 2010, les États-Unis, première puissance économique mondiale, avaient accumulé une dette de 14 000 milliards de dollars. En une trentaine d'années, principalement à force d'imprimer des billets ne correspondants pas à l'argent que le pays produisait, à force de dépenses bien supérieures aux recettes de l'état, le pays en était arrivé à l'exploit inimaginable de devoir à des créanciers (notamment chinois) l'équivalent de 1400 km d'un empilement de billets de 100 dollars ! Aucune personne sensée ne pensait qu'un jour ils rembourseraient, que cet argent avait une quelconque réalité, mais tout cela faisait partie du système.

Ces masses d'argent qui allaient d'une bourse à l'autre et faisaient tourner le monde semblaient jaillir de nulle part. Au XXIe siècle, les gens vraiment riches ne l'étaient pas par leur travail, c'était soit des rentiers, soit des gens qui jouaient avec

l'argent des autres. La très grosse banque JP Morgan, par exemple, tirait 70% de ses revenus de frais et des pénalités infligées à leurs clients. Mais c'était la même chose plus ou moins pour les autres banques, comme il était devenu impossible de vivre sans elles, c'était comme s'il y avait une taxe sur le revenu qui tombait directement dans les poches des banquiers.
La bureaucratie explosait : les états et les grandes entreprises créaient des règles, et créaient des entreprises qui veillaient au respect de ces règles. Ces entreprises étaient souvent payées par l'état, et donc par la dette. Le monde se noyait dans la réglementation : on avait créé des feuilles de déclarations d'impôts illisibles par les profanes, qui étaient condamnés à payer sans poser de questions. Les spécialistes en questions fiscales, ou ceux qui pouvaient payer les services de ces derniers, appartenaient à la caste dirigeante et ne payaient que peu, ou pas d'impôts, prouvant par là même qu'ils n'appartenaient pas à la collectivité.
On créait de l'argent à partir de rien, on imposait des frais sur tout. Dans chaque petite entreprise, dans les hôpitaux, les écoles, plus rien ne se faisait sans une tonne de paperasse produite par et pour des fonctionnaires dont personne n'aurait su dire à quoi ils servaient. Le modernisme avait rendu des tâches simples en summum de complication. Mais personne ne se rebellait vraiment. Comment se rebeller contre un système planétaire ? Contre un système dont les tentacules s'allongeaient chaque jour pour aller étouffer ce qui pouvait encore l'être ? Contre un système auquel tous obéissaient, de l'ouvrier au président de la République ?

Même quand passa la loi dite « BRRD », qui autorisa la ponction des comptes de clients de banques qui feraient faillite, ou bien des comptes de citoyens dont l'Etat ne parviendrait pas à l'équilibre budgétaire, seuls quelques-uns se plaignirent. Parmi eux les survivalistes qui célébrèrent sur leurs blogs une nouvelle légitimation à se préparer. Un ou deux articles dans les journaux mentionnèrent la loi, et ceux qui lisaient encore eurent la sensation de se faire escroquer, mais rien de grave n'arriva…immédiatement.

Étrangement, un modèle économique et social d'une centaine d'années à peu près, paraissait à tout le monde être un horizon infranchissable, un état de statu quo satisfaisant et douillet. Des civilisations millénaires s'étaient écroulées, mais on pensait que cet arrangement avec le réel durerait éternellement. Et quant aux absents de cette mondialisation heureuse, c'étaient soit des barbares lointains, soit des exclus du système sans grand pouvoir de nuisance. On noyait ces derniers dans un grand bain de télévision, machine à détruire toutes les valeurs sauf l'argent. D'ailleurs, même le dernier des gosses de banlieue crachant sur la police, l'État, voire Mac Donald pour les plus extrémistes, ne rêvait que d'une chose : monter un groupe de rap et faire de cet argent facile qui procurait les grosses voitures et les villas avec piscine, dans lesquelles se trémoussaient des filles prêtes à tout pour quelques billets, que l'on voyait dans certains clips. Dans la plupart des clips.

Pourtant, il y avait des signes assez clairs que tout allait s'écrouler, il n'y avait pas que les États-Unis qui avaient laissé exploser leur dette : en 1974, celle de l'état français correspondait à 16% du PIB. De 1991 à 1997 elle passa de 32% à 58% du PIB. Les années qui suivirent, elle continua à progresser, devenant le 2e budget de l'État (le premier étant l'Éducation Nationale et le 3e la Défense).
Dans les années 2010 elle atteignait plus de 90% du PIB, et ne s'arrêtait pas de croître : devenue un monstre affamé, elle devint le premier budget de l'Etat, privant le pays d'hôpitaux, d'aides aux personnes en difficulté, de policiers, de profs, de juges, de prisons, de routes…

L'Europe avait bien essayé de prévenir la France de nombreuses fois sur la situation catastrophique de sa dette, la priant de moins payer ses fonctionnaires, d'allonger de quelques années encore l'âge de la retraite et de faire moins de dépenses, mais la machine s'était déréglée, la dette était devenue incontrôlable.

Ce qui devait arriver arriva : Le 4 avril 20XX une des agences de notation, dont la fonction était de vérifier si les états pouvaient rembourser leurs emprunts, dégrada la note française : BBB.
Cela sonna l'arrêt des prêts à la France, on la considérait désormais peu capable de les rembourser. Le pays était en faillite, comme l'avait été le Brésil en 1987, le Canada en 1991, l'Argentine en 2001 et 2002 ou l'Islande en 2008, pays jusque là le plus riche d'Europe.
Ce même jour, la bourse ferma, et une vague de panique déferla sur les places boursières qui se mirent toutes à chuter.

Noé, à l'affût de ce genre d'informations, se rendit en ville, chez son armurier. Il ne lui avait encore rien acheté, mais avait déjà pas mal discuté avec lui. Dans la boutique, il y avait déjà six autres acheteurs, tous des hommes ayant entre 25 et 50 ans. Il patienta une vingtaine de minutes que ce soit son tour. Entre-temps, d'autres personnes étaient entrées, nerveuses, qui faisaient la queue derrière lui. Arrivé au guichet, il sortit sa carte d'identité et sa licence de tir.

– Il te reste un fusil à pompe ?

– Il m'en reste un, dit le commerçant, derrière ses petites lunettes rondes avec un sourire plein d'excuses pour ceux qui attendaient derrière Noé. Les autres sont vendus, ou réservés. Après j'ai des fusils de chasse classiques : superposés ou juxtaposés, mais plus chers.

– Je peux voir le pompe ?

– Voilà la bête : canon rayé, 7 coups + 1, visée fibre optique, dit l'armurier en sortant de sous le comptoir une boîte en carton rectangulaire d'1 mètre 10 de long sur 40 cm de large.

Noé ouvrit la boîte et en sortit l'arme, dans un couinement du métal sur le polystyrène protecteur. D'une marque turque inconnue de lui, noire, sobre, lourde, malgré sa crosse synthétique rétractable, elle sentait l'acier et la graisse. Il se sentit rassuré à son contact, réaction paradoxale puisqu'on est jamais tant en danger qu'en présence d'une arme, même quand celle-ci est vide.

– Je le prends ! Qu'est-ce qui te reste comme munitions ? demanda Noé alors que ces successeurs soupiraient de déception.

Le 5 avril plusieurs autres bourses à travers le monde fermèrent pour essayer de stopper la contagion.
Le capitalisme avait vécu, certains le sentaient. On se défenestra à New York, on se fit harakiri à Tokyo, on se jeta à poil ivre mort dans la Tamise, les traders de Paris allèrent se promener en banlieue. Les états endettés, éclaboussés par la vague française, imprimèrent des billets pour rembourser une partie de la dette, utilisant la méthode qu'ils avaient toujours pratiquée. Devant l'afflux de gens venus retirer de l'argent, les banques fermèrent. Les citoyens firent la queue devant les distributeurs de billets qui furent bridés pour que les retraits n'excèdent pas 30 euros par jour et par compte. Noé avait déjà sorti le plus d'argent liquide possible et complété ses stocks. Il tournait en rond dans son appartement comme un lion dans une cage, n'ayant toujours pas trouvé de lieu pour sa base.

Le 8 avril, le président français, soutenu par ses homologues (italien, espagnol, portugais, grec…) quémanda à ses partenaires européens une rallonge de quelques milliards d'euros. La fourmi allemande, qui dirigeait plus ou moins l'Europe, quoique pas prêteuse, fut contrainte d'accéder à la requête. Les banques rouvrirent, et les choses empirèrent.

Paradoxalement, le début de l'apocalypse financière débuta par une amélioration du niveau de vie de tous. La production hyper massive de dollars, d'euros et de yens pour pallier la crise, cet énorme stock d'argent soudain disponible fit baisser le prix des denrées. Chaque entreprise voulant profiter de cette manne financière baissa le prix de ses produits pour vendre plus que ses concurrents. Les soldes devinrent hallucinantes et c'est dans une orgie mondiale de consommation déraisonnée, chacun luttant pour une plus grosse télé, un nouveau téléphone, des chaussures plus chères que mourut le capitalisme, tandis que la terre perdait ses dernières ressources et que les poissons crevaient dans des océans pollués. Les consommateurs se réveillèrent de leur boulimie d'achat avec la gueule de bois et des fringues qu'ils auraient trouvées ridicules un mois auparavant, et dont très vite ils voudraient se débarrasser, comme on jette les souvenirs d'une faiblesse passagère et légèrement honteuse. Du reste, la fête était finie. Tout cet argent sur le marché, cette facilité à vendre entraîna une hausse des prix vertigineuse. Il y avait tant d'argent en circulation qu'il perdait de sa valeur.

Le 12 avril, les banques françaises fermèrent et on ne put plus y aller chercher de l'argent. Grâce à la loi « BRRD », l'État se retourna vers les banques qui ponctionnèrent les comptes de leurs clients à hauteur de 47.5 % pour les comptes ayant plus de 100 000€, ainsi que cela avait été fait à Chypre, quelques années plus tôt. Mais cela ne suffit pas.

Alors, tandis que les gens manifestaient devant les banques fermées, les banquiers ponctionnèrent les comptes ayant plus de 50000€ puis 20000€ puis 5000€ et enfin 1000€. Les comptes français furent vidés un à un. En pure perte.

Deux semaines après le 4 avril, chacun essayait de vendre son superflu : deuxième voiture, meubles et bijoux... mais plus personne n'achetait. Parallèlement, les magasins alimentaires fermaient après avoir connu une fréquentation énorme malgré des prix délirants. Les derniers euros en circulation partirent dans des bouteilles d'eau, du riz, des pâtes, des boîtes de conserves et des poudres de lait pour bébé. Les stations-service furent prises d'assaut par des hordes de conducteurs enragés qui voulaient faire le plein. Après avoir acheté n'importe quoi, on acheta de l'essentiel, tant qu'on pouvait en trouver, à n'importe quel prix.

Le 16 avril, Noé ne pouvant plus attendre, chargea son monospace et la remorque qu'il avait achetés pour l'occasion sur un site de petites annonces. Il allait récupérer sa fille d'ici quelques jours et avait prévenu sa sœur et son beau-frère qu'il aurait un lieu pour les accueillir d'ici peu. Il pleurait sur la route qui le conduisait vers un avenir sombre, quand il reçut le SMS de Julie :

– Ça avance ta base ? Tu me passes les coordonnées au cas où ?

Le 17 avril, la loi martiale fut déclarée, la violence larvée commença à exploser. Mais la police et l'armée furent débordées par les pillages, et les villes furent le théâtre de carnages. Quand tous les magasins furent pillés, on attaqua les appartements, tuant les occupants ou les obligeant à fuir. Dans les campagnes, on n'eut pas assez de fonctionnaires pour tout sécuriser ; chacun défendit ses intérêts avec ses propres moyens. D'anciens conflits furent réglés à coups de fusil.

Trois semaines après le 4 avril, il était pratiquement impossible de trouver un commerce ayant des marchandises, une station-service approvisionnée ou même une voiture non siphonnée. Le monde civilisé redécouvrait la faim, l'angoisse de ne pas pouvoir nourrir ses enfants, la peur de faire la mauvaise rencontre de quelqu'un d'aussi affamé que soi, d'aussi déterminé. Les cadavres s'amoncelèrent dans les villes, dans chaque quartier pas un jour ne passait sans son lot de morts pour quelques vivres. Les premiers jours on tua avec des balles, mais rapidement ceux qui avaient des armes à feu utilisèrent le gros de leurs munitions ; ils essayèrent de monnayer le peu qu'il leur restait en devenant vigiles. On organisa des « dépôts », magasins hyper sécurisés dans lesquels on faisait du troc, et des marchés à ciel ouvert pour échanger ce qui restait de nourriture, souvent périmée.

Fin avril la vague de mort qui avait frappé la France, comme une épidémie de grippe, tendait à se calmer. On tuait encore, à coups de machettes, de couteaux de cuisine, de battes de baseball et de marteaux, et ceux qui avaient des armes à feu s'organisèrent en groupe « sécurisant » et rançonnant les quartiers et les villages qu'ils contrôlaient. La population pansa ses plaies, enterra ses morts, se réunit en petits groupes pour s'organiser. Il y eut un exode urbain

massif, les gens fuirent les villes pour aller retrouver des membres de leur famille vivant à la campagne. En chemin ils glanèrent dans les champs et les jardins de quoi manger et furent confrontés à tous les autres qui fuyaient ; à ceux qui défendaient leurs jardins et leurs champs aussi. Beaucoup moururent. Ceux qui restèrent dans les villes s'enfermèrent chez eux. Ils perdirent le contact avec le monde extérieur, ne se souciant plus que de ce qui se passait directement à côté : les voisins, le quartier, pas plus loin. Le monde se réduisit à mesure que la survie devenait de plus en plus difficile.
On vit rouler de moins en moins de voitures. Les employés du tertiaire, ne pouvant troquer le fruit de leur travail, cessèrent leur activité, et les téléphones cessèrent de sonner, internet disparut, personne ne sut ce que devint le gouvernement (et tout le monde s'en foutait). Le commerce extérieur interrompu, on ne reçut plus de pétrole, plus de gaz ni de jouets chinois. Les fonctionnaires, qui n'étaient plus payés, rentrèrent chez eux. Certains policiers et militaires tentèrent de maintenir un semblant d'ordre malgré l'absence de paye ou de directives de leurs supérieurs, les autres rentrèrent chez eux ou se reconvertirent en services d'ordres « offerts » au plus offrant. Le corps médical s'éparpilla, quoique certaines structures hospitalières subsistèrent avec les moyens du bord. Les professeurs quittèrent leurs élèves, ils arrivèrent parfois à se reconvertir en nounou ou professeur à domicile, il fallait bien continuer à occuper les gosses et les instruire ; en attendant des jours meilleurs. D'autres professions s'en sortirent un moment : celles liées directement à la nourriture troquèrent leur production, les paysans devinrent de petits rois très sollicités du jour au lendemain. De même, ceux qui travaillaient avec leurs mains échangèrent leurs constructions, leurs réparations, leurs soins, même leurs corps contre de la nourriture. La prostitution passa de plus vieux métier du monde à plus courant métier du monde. Mais la majeure partie de la population sombra dans une grande pauvreté et se retrouva désœuvrée. Beaucoup moururent sans voir le mois de mai. Et puis les centrales électriques s'arrêtèrent. Personne ne sut si elles furent sécurisées avant d'être

désertées, toujours est-il qu'en l'espace de moins d'un mois on était retourné au XIXe siècle.

D'avril à mai

Tribulations

Julie était dans la forêt, sa forêt, le 4 avril. Elle ne se rendit compte de rien, comme beaucoup de ses concitoyens.
Le 5 avril, en rentrant de son bivouac, elle surprit plusieurs fois des regards inquiets dans le train qui la ramenait chez elle. De la gare, jusqu'à son appartement, elle baigna dans une atmosphère plus électrique qu'à l'accoutumée. Les gens étaient un peu moins nombreux dehors, plus silencieux, ils marchaient plus vite aussi, comme pressés de rentrer chez eux.
Les jours suivants, elle essaya de continuer sa vie comme si de rien n'était. Elle s'amusa des gens qui faisaient des stocks, comme si la fin du monde était arrivée. Elle acheta quand même plus de nouilles, de riz et de bouteilles d'eau que d'habitude, pour tranquilliser une petite voix méfiante dans sa tête. Elle alla aussi à la pharmacie, renouveler son stock de préservatifs, d'antiseptique, de pansements, et acheter deux « cups ». C'était une de ses amies de la fac, Béatrice, qui lui avait venté les mérites de la coupe menstruelle : plus écologique, plus propre, en silicone médical et antimicrobien. C'était sensé pouvoir être utilisé presque indéfiniment dans la mesure où c'était bien lavé. Mais dans des conditions de bushcraft, Julie préférait en avoir plusieurs. Pour ça aussi les hommes étaient avantagés dans « la verte ». Ça leur faisait un soucis de moins à gérer et des risques d'infection plus limités. Les femmes, elles avaient ce rapport plus direct à la

nature qui les rendaient meilleures dans le bushcraft (d'après Julie).

Quand les banques fermèrent, tandis qu'une partie d'elle-même se félicitait de la fin possible d'un monde qu'elle détestait, une autre partie s'inquiétait de sortir de la zone de confort qu'elle s'était créée tout au long de son existence : elle eut du mal à dormir et fuma des joints sur son balcon, regardant les lumières de la ville s'éteindre avec la nuit, comme autant de petites morts urbaines. Elle consulta les runes qui lui exprimèrent, comme souvent, ce qu'elle sentait vaguement : Naudiz, qui ressemble à une lance fichée dans le corps d'un être debout, la prévint de sacrifices et de blessures à venir, d'une obscurité envahissante ; Ehwaz, le cheval lui évoqua le changement, la mutation, enfin, Othalaz, le foyer, rune placée horizontalement, pouvait signifier un retour à la nature ou un avertissement fort.

Elle resta pas mal chez elle la semaine qui suivit. La fac n'étant ni tout à fait fermée, ni tout à fait en mesure d'assurer les cours. Il y avait là-bas, plus encore que d'habitude, une atmosphère d'émulation, d'excitation. Des élèves syndiqués ou non essayaient d'en fédérer d'autres pour manifester contre le système, contre l'argent, pour un monde meilleur et pour plus de moyens pour les facs. Ils haranguaient les étudiants, parfois même les profs dès l'entrée de la fac, mais aussi près des machines à café et devant les amphis. Julie les trouva ridicules, insectes obsolètes tournant indéfiniment sur un logiciel dépassé, probablement voué à disparaître prochainement.

Quand les banques rouvrirent suite à la production massive de liquidités basées sur rien, elle ne participa pas à la grande fièvre acheteuse, ni aux manifestations de ses camarades dénonçant celle-ci. Elle prépara ses affaires pour fuir la ville et se mettre au vert, attendant que les choses passent. Sous la minuscule baignoire de son appartement, il y avait une trappe faite de carreaux de faïence fixés sur un système basculant. Elle y cacha ce qu'elle espérait retrouver si elle devait revenir chez elle : un peu de liquide, une chaîne en argent, un deuxième petit réchaud dont elle ne se servait plus, un briquet, quatre bouteilles d'eau et un sac de riz. En refermant à clef la porte de son appartement, elle eut la sensation de clore une partie de sa vie à laquelle elle n'était pas sûre d'avoir de nouveau accès.

Elle passa six jours dans une forêt, à une vingtaine de kilomètres de son appartement. Elle avait préféré ne pas prendre le train ni trop s'éloigner, pour pouvoir retourner à sa vie normale rapidement, sans dépendre de personne. Ses six jours se passèrent sous la pluie, ou presque. Pas une fois il ne fit suffisamment beau pour que ses affaires sèchent. Elle était trempée, sentait l'humidité, avait du mal à conserver son feu, dormait donc mal : six jours de galère à manger du riz et à piquer de l'eau au robinet d'un jardin qui jouxtait la forêt où elle avait fait son campement. C'était comme si sa vie de bushcrafteuse avait été une préparation ludique pour des événements tragiques. Le sixième jour de son bivouac, comme tous les soirs, elle alluma son portable deux minutes pour voir si quelqu'un avait quelque chose d'important à lui dire, tout en essayant de ne pas trop décharger les batteries de l'appareil. Elle vit qu'elle avait raté plusieurs appels de son petit frère Alban ; la plupart étaient difficiles à comprendre parce que la connexion était mauvaise et que son petit frère pleurait. Elle reçut cependant distinctement le dernier, envoyé deux heures après les autres, probablement d'un autre lieu. La voix de son frère était plus posée, Julie qui la connaissait bien y trouva les traces d'un choc indélébile :

– Julie, c'est Alban, je sais pas ce qui t'arrive et je ne sais pas où tu es. J'ai essayé de t'appeler toute la journée. Ça a été horrible. J'étais chez les parents. Des gens sont entrés. Ils voulaient de la nourriture et tout ce qui a de la valeur. Papa leur a dit qu'il ne pouvait rien leur donner, qu'il avait déjà plus grand-chose. Alors un de ses connards lui a mis un coup de poing. Maman s'est mise à crier et pleurer. Alors le même homme lui a aussi mis un coup de poing. Papa a voulu la défendre et s'interposer, ils l'ont tapé, mis au sol et encore tapé. Je pouvais rien faire tout seul, je leur ai crié d'arrêter, mais ils n'arrêtaient pas. En même temps ils prenaient tout ce qu'ils voulaient dans la maison. Ils ont laissé papa en sang par terre. Maman était hystérique. Un de ces bâtards a voulu lui remettre un coup pour qu'elle se taise, alors j'ai pris une casserole et je lui ai éclaté la tête avec. Maman m'a crié : « Va-t-en Alban ! » et y en a un qui a sorti une arme et j'ai couru, putain j'ai couru, j'ai rien pu faire. J'ai entendu des coups de feu. Qu'est-ce que tu fous Julie, putain ? Je me suis enfui, je sais pas ce qui est arrivé aux parents. Je savais pas quoi faire. Je peux pas retourner là-bas. C'est l'anarchie partout, les gens s'entretuent. Je viens chez toi. Attends-moi là-bas. Si t'es pas chez toi.... Putain... Je viens chez toi.

Julie avait essayé d'appeler son frère, mais il n'y avait plus de réseau. Peut-être qu'il n'y aurait plus jamais de réseau. Alors elle était retournée chez elle ; à pieds. Son frère avait une centaine de kilomètres à faire pour la rejoindre ; mais s'il trouvait une voiture... Elle marcha de nuit, le long de la route. Évitant les gens, les voitures, se cachant derrière les arbres, s'allongeant dans les herbes mouillées pour éviter de faire une mauvaise rencontre. Ses pieds humides lui faisaient mal à force de frictions contre ses chaussettes, elle sentait qu'elle attrapait la crève.

Vers deux heures du matin, elle arriva exténuée à son appartement. La porte était cassée, comme toutes celles qu'elle avait croisées. A l'intérieur, un cyclone avait tout renversé, les meubles étaient retournés, les objets de valeur avaient été volés et tous les vivres avaient disparu. Elle se sentit sale, humiliée. Comment allait-elle vivre ici comme ça ? Sans pouvoir fermer la porte à clef ?
En cherchant sous sa baignoire elle retrouva ce qu'elle y avait caché, mais elle se dit que la visite de son appartement venait d'une première vague. D'autres viendraient, plus radicales, au cours desquelles on viderait les appartements de tout ce qui pourrait être récupéré (meubles pour le bois, vêtements, ustensiles....) et l'on détruirait tout ce qui pourrait l'être pour trouver les dernières caches. D'ici là, Julie espérait être loin avec son frère.

Elle dormit mal dans son appartement à la porte défoncée. Elle se serait sentie plus en sécurité dans la forêt, sans porte ni toit. Pour avoir l'esprit un peu plus serein, elle poussa son canapé contre la porte, se disant qu'en cas d'intrusion, elle aurait deux minutes pour se lever, que le bruit lui permettrait de ne pas être surprise dans son sommeil par des individus déjà chez elle, voir devant son lit.
Allait-elle seulement pouvoir dormir ?
Malgré l'électricité encore disponible dans son logement, elle n'alluma pas les lumières pour se faire aussi discrète que possible. Elle fit bouillir de l'eau pour se faire une assiette de riz et rechargea son téléphone, pour la dernière fois peut-être, tout en essayant en vain de contacter son frère. La nuit lui parut infinie, hachée par des phases d'angoisse et d'horribles inquiétudes pour sa famille. Chaque bruit dans l'immeuble ou à sa périphérie, chaque rai de lumière croisant sa fenêtre, chaque détonation au lointain la faisait sursauter. Au cours d'une des interruptions de son demi-sommeil, elle entendit des cris lointains et se leva dans une ambiance orangée. Regardant par la fenêtre elle vit au loin, à un kilomètre de son immeuble peut-être, une tour, comme la sienne, en feu. Elle crut un instant à un mauvais rêve, tant la hauteur des flammes semblait irréelle ; elles montaient en dansant bien au-dessus du bâtiment, éclaboussant la ville d'orange et d'ocre. Des gens s'étaient réunis à une centaine de mètres du feu, spectateurs stériles d'un évènement trop grand pour eux. Elle entendait des cris, et sentait la chaleur jusque sur son visage. Tout paraissait trop grand pour être vrai, pour appartenir à son monde. Comme si une faille s'était ouverte sur un morceau des enfers. Un morceau brûlant, dont les habitants étaient condamnés à mourir, peut-être éternellement, payant pour une vie de péchés difficilement imaginables. Mais non ; c'était bien des habitants de sa ville, presque des voisins qui mouraient par dizaines sous ses yeux, brûlés, étouffés par la fumée ou se défenestrant en un spectacle horrible et fascinant. Et comme les pompiers étaient rentrés chez eux, parce qu'ils n'étaient plus payés, parce que leurs camions avaient été siphonnés, leur matériel volé, la population était aussi démunie face à l'incendie qu'un enfant face à un loup

enragé. Le feu allait brûler jusqu'à ce que tout le bloc parte en fumée ; il allait détruire tout ce qui serait à sa portée. Julie fut captivée par l'incendie, prisonnière du spectacle. Elle le regarda jusqu'à ce qu'il ne projette plus dans le ciel que des cendres et une fumée noire, âcre, noircissant un tableau déjà sinistre.

Epuisée, Julie tenta de se recoucher, mais elle n'y parvint pas. Comme hébétée, elle remarqua la lumière bleutée de son portable en mode silencieux. Son cœur s'emballa à l'idée d'avoir enfin des nouvelles de son frère. Mais ce n'était qu'un message de Noé : « J'espère que tu vas bien. Les survivalistes n'étaient peut-être pas si cons que ça après tout, non ? Ci-joint les coordonnées de ma BAD (en cours). Efface ce message et ne les transmets à PERSONNE. Si tu cherches un endroit où te poser... Stay safe ! »

Julie fouilla dans la multitude de cartes qui jonchaient le sol de son appart et en pris deux : une où se trouvait la BAD et une autre qui lui permettrait de s'y rendre. Sur les deux cartes, elle traça des runes un peu partout, pour tromper celui qui tomberait dessus, et RAIDO « le chevalier » pour désigner l'endroit où elle finirait peut-être par aller, si les choses dégénéraient.

Quand elle eut suffisamment tourné en rond dans son appartement, en état de stress, sentant la folie la gagner, se disant qu'elle avait probablement perdu ses parents, et qu'il était possible qu'elle ne revoie plus jamais son frère, elle s'assit contre un mur de sa salle de bain et pleura longtemps, en silence. Enfin, incapable de rester plus longtemps entre ses quatre murs qui ne la protégeaient plus, se sentant menacée, elle laissa un mot pour son frère sur la porte d'entrée, cacha sa réserve de nourriture et sortit.

En cette fin de mois d'avril, le soleil brillait insolemment, ignorant les turpitudes humaines. Tout pourtant avait changé. Les rues avaient perdu les trois quarts des personnes qu'on y croisait habituellement. Qu'étaient devenus tous ces gens ?

Puisqu'ils n'étaient plus enfermés dans des bureaux, que faisaient-ils ? Ils n'étaient pas tous morts ! Quelques personnes, perdues sans leurs portables, semblaient regarder partout à la fois, inquiets, marchant sans pouvoir bénéficier de cet ancien rempart qui disait aux autres de se tenir éloigné parce qu'ils « faisaient autre chose ». Partout il y avait des monticules de poubelles que personne ne venait plus chercher et de la cendre aussi. Ça sentait la nourriture avariée, la couche sale et le brûlé.

Les pas de Julie la conduisirent vers l'hôpital le plus proche, peut-être pour savoir ce qu'étaient devenus les sinistrés de la nuit précédente. En chemin elle croisa quelques groupes de gens au regard soupçonneux, mais personne ne lui adressa la parole. À leurs yeux, elle ne devait constituer ni une menace, ni un attrait suffisant. La quasi-absence de voiture sur les routes était déconcertante. Les gens marchaient au milieu des rues, des poubelles étaient en feu au coin de certains blocs d'immeubles, une façon comme une autre de se débarrasser des déchets. En arrivant devant l'hôpital, elle faillit se faire renverser par un taxi qui se gara en trombe devant la porte d'admission des urgences où elle arrivait elle aussi. Le conducteur, un homme d'une trentaine d'années en t-shirt ne lui jeta même pas un regard. A côté de lui un type aux cheveux gras, plutôt grand et gros, était à genou à l'envers sur son fauteuil, et braquait un revolver sur les trois passagers.

– Maintenant vous payez, vous descendez et vous restez les mains sur la tête le temps qu'on s'éloigne, dit-il à ceux qui étaient sur la banquette arrière.

Les deux individus qui étaient à côté des portières sortirent en laissant à leur place ce qui sembla à Julie être des boîtes de conserve et une bouteille d'alcool. Ensuite ils extirpèrent leur camarade de la voiture en le traînant, et Julie vit qu'il avait une plaie ouverte qui saignait abondamment au niveau du ventre.

– Mains sur la tête ! cria l'homme armé, menaçant toujours les trois hommes.

Les deux hommes valides s'exécutèrent tandis que le troisième s'écroulait par terre. Dans un crissement de pneus, le taxi repartit aussi précipitamment qu'il était apparu.
Julie fut interpellée par un :

– Toi, l'infirmière, bouge ton cul !

Passée une seconde de doute, elle rentra dans l'hôpital en criant :

– Un brancard ! Vite ! Un brancard !

Et elle passa sa première journée à l'hôpital en suivant les ordres d'une infirmière (une vraie) qui ne lui demanda jamais ce qu'elle faisait là. Elle rentra vidée chez elle, presque apaisée. Elle trouva la porte de son appartement entrouverte et regretta de ne rien porter sur elle qui puisse lui servir d'arme.
Elle s'approcha de l'entrebâillement espérant voir ou entendre quelque chose, mais ne put discerner aucune présence.

– Alban c'est toi ? demanda-t-elle en chuchotant.

N'obtenant pas de réponse, elle se glissa silencieusement dans l'entrée et prit le didgeridoo qui traînait là (oubli d'un de ses ex). Elle essaya de le tenir comme une batte de baseball et s'avança dans la pièce principale plongée dans la pénombre. Avec pour seule arme cet instrument australien démesuré, peint de couleurs vives, elle se sentit vaguement ridicule. « La fin justifie les moyens » se dit-elle, avant de se rendre compte qu'elle pensait depuis quelques heures, différemment de ce qu'elle avait toujours fait avant. Les catastrophes ramènent l'homme au principe de réalité de la survie, elles le font agir comme l'animal qu'il a oublié d'être, finalement. »

Elle s'avança sur la pointe des pieds, son cœur tapant dans sa poitrine au point de lui faire mal, et sur le canapé elle découvrit Alban en train de dormir. Il était sur le dos, sa main droite sur son cœur serrait un couteau de cuisine. Il était sale, avait l'air vieilli, ses joues et les orbites de ses yeux semblaient creusées. Il puait le mec pas lavé. À deux pas du canapé, il avait posé un sac à dos qui devait être celui qu'il prenait pour aller au collège.

Le matin suivant, quand il se réveilla, Alban raconta plus en détail la mort probable de leurs parents et son trajet à pied, puis en stop jusqu'à l'appartement de sa sœur.

Ils passèrent deux semaines à l'hôpital, donnant un coup de main quand ils le pouvaient. Ils s'y installèrent dans une chambre qui fermait à clef, se sentant plus en sécurité là que chez Julie. On leur donnait parfois une boîte de conserve en échange de leurs soins, ou des bouteilles de boisson diverses, quand au début du mois de mai, l'eau courante cessa d'être distribuée dans la plupart des quartiers. Ils faisaient chauffer leur unique repas quotidien, en compagnie des médecins et des infirmières, dans les cuisines de l'hôpital ou dans les salles de garde, et eurent une vague impression de famille recomposée.

Le travail ne manquait pas, parce que si dans le monde d'avant une moyenne de 30 lits pour 1000 habitants semblait à peu près convenir, maintenant qu'il n'y avait plus de lois, plus assez de nourriture, et que la violence explosait partout, l'hôpital ne désemplissait pas. Il y eut des phases de guerres de gangs, très sanglantes, quartier contre quartier, Africains du sud contre Africains du nord, ancienne population pauvre contre ancienne population bourgeoise... Les riches qui n'avaient pas fui furent les victimes les plus nombreuses des premiers jours de guérilla. Tous ne passaient pas à l'hôpital bien sûr, beaucoup mouraient dans l'indifférence, ne laissant qu'un cadavre empestant un peu plus la ville, devenue irrespirable. Alban se demandait parfois ce que devenaient les corps. Il en apprit plus en faisant la rencontre de Lazare, un gosse de treize ans, à qui il désinfecta une vilaine plaie. Depuis qu'il avait perdu ses parents, Lazare avait été recueilli par des voisins qui s'occupaient de lui avec mauvaise grâce. Pour n'être pas trop une charge pour eux, il leur rendait service le plus souvent possible, et c'était lui notamment qui débarrassait les cadavres du quartier contre un peu d'eau et de nourriture qu'il donnait à ses parents adoptifs. Avec deux ou trois sangles et une grosse brouette, il emmenait les corps à la périphérie de la ville, dans une espèce de charnier à ciel ouvert. Là travaillaient d'autres enfants plus ou moins abandonnés. Certains récupéraient ce qui pouvait l'être sur les cadavres, d'autres subsistaient en chassant les énormes oiseaux, les chiens sauvages et autres charognards que l'odeur attirait.

Il y avait quelque chose de pourri dans le monde d'après la crise. Quantité de gens venaient à l'hôpital des suites de blessures mal désinfectées, et de problèmes liés à l'hygiène en général. L'absence de savon, de produits d'entretien, de produits d'hygiène féminine ou de puériculture créait des problèmes insoupçonnés.

Les premières semaines de mai virent de nombreux décès. Une partie non négligeable de la population se laissa mourir, tout simplement, par peur d'affronter un monde devenu trop difficile sans le confort moderne.
Il y eut aussi les morts liées à l'absence de médicaments. Les diabétiques et les personnes atteintes de problèmes cardiaques, par exemple, venaient mendier des soins à l'hôpital, mais une grave pénurie menaçait. Ceux qui avaient des amis bien placés à l'hôpital et ceux qui possédaient de quoi faire du troc subsistèrent plus longtemps que les autres. Les accrocs aux antidépresseurs, comme les alcooliques, les drogués et les fumeurs connurent des phases de désespoir, parfois de violence, puis se sevrèrent, moururent ou se suicidèrent. Et puis il y avait les accidents idiots : intoxications alimentaires dues à des produits de moins en moins frais et de moins en moins sains, blessures de gens obligés de se servir d'outils qu'ils ne maîtrisaient pas : comme les haches pour produire du bois de chauffage.

Alors qu'il y avait de moins en moins de gens en ville, de moins en moins de denrées accessibles aussi, le peu de personnes n'ayant pas fui vers la campagne ou n'étant pas morts au cours d'affrontements et de vols tournant mal, s'organisèrent en groupes. Chacun d'eux défendait un quartier ou une rue, essayant de protéger la nourriture stockée ou volée, l'eau et le carburant.

C'est un de ces groupes qui, la deuxième semaine de mai, investit l'hôpital pour voler tout ce qui restait d'utilisable. Ils ne furent pas violents, juste suffisamment déterminés, nombreux et armés pour être écoutés. Ils proposèrent à quelques soignants de les rejoindre, certains le firent.

Julie et Alban se retrouvèrent sur la route. Leur plan était de subsister dans la forêt, aussi longtemps qu'il le faudrait. Le temps était clément, la saison propice à la cueillette, cette idée leur parût la moins mauvaise. Ils passèrent leur première nuit dehors dans un zoo désaffecté à la périphérie de la ville. Ils commencèrent par faire le tour de l'endroit, cherchant un lieu où passer la nuit discrètement, et si possible à manger et à boire, n'ayant emporté dans leurs sacs que le peu de vivres qu'on leur avait laissé à la sortie de l'hôpital.

L'endroit était désert. L'herbe avait envahi les allées. Ça sentait la charogne un peu partout. Dans les petits parcs à animaux, on trouvait des carcasses mangées par les oiseaux et les asticots. Quelques animaux herbivores subsistaient encore. Enfermés, ils étaient sans doute moins dépendants de l'homme que les prédateurs qui attendaient chaque jour leur ration de viande. Alors que le soleil couchant baignait la terre de ses reflets, ils eurent la surprise de trouver deux girafes en bonne santé, mangeant les feuilles de hauts arbres dont Julie n'aurait su dire le nom. Tous les deux s'arrêtèrent pour profiter de cet instant de grâce avant de continuer leur exploration. Dans le magasin de souvenirs tout avait été pillé, surtout les distributeurs de boissons et de gâteaux. Un peu à l'écart, à demi enterré, ils trouvèrent le bâtiment réservé aux soigneurs. Ils en forcèrent la porte avec une pelle abandonnée sur place, et y trouvèrent de l'eau réservée aux animaux dont ils remplirent deux bidons de 5 litres. Ils trouvèrent aussi un sac de graines pour oiseaux (sûrement comestible pour eux aussi), une grande toile en plastique bleu, une petite bouteille d'alcool à brûler, des bandages, un flacon d'antibiotiques et un pantalon beige plein de poches un peu trop grand pour Alban,

mais qui remplacerait avantageusement le sien sévèrement troué aux genoux. La nuit commençait à tomber, ils décidèrent de la passer dans ce local qui les garderait à l'abri de la pluie et du vent.
L'inconfort, le froid du sol en béton et le stress les empêchèrent de trouver un sommeil réparateur. Ils s'étaient couchés avec le soleil, pour ne pas avoir à allumer de lumière qui les distinguerait dans la nuit. Vers 23H30, Alban secoua l'épaule de sa sœur qui « dormait » à son côté, sur plusieurs épaisseurs de bâche.

– Réveille-toi, y a du bruit !

Se levant en silence, ils virent arriver deux voitures, dont des cris de joie s'échappaient, qui remontaient lentement l'allée principale du zoo. Elles se rapprochaient dangereusement de la cabane de soigneurs où ils étaient cachés. Bien que leur abri soit peu repérable, notamment de nuit, ils décidèrent en silence de prendre leurs affaires et de sortir pour ne pas se retrouver acculés, incapables de s'échapper en cas d'intrusion dans leur cachette. Ils sortirent alors que les voitures avançaient encore, espérant que le râle des moteurs et les cris dissimuleraient les bruits qu'ils feraient en s'éloignant. Ils s'allongèrent un peu à l'écart, derrière une petite colline surplombant une aire de jeux pour enfants avec un toboggan et des balançoires. Là, tremblants de tous leurs membres, fatigués, terrorisés, dans la fraîcheur de cette nuit de début mai, ils virent passer deux 4X4. Assis sur le toit du premier, un homme manœuvrait un projecteur, cherchant des animaux dans les parcs. Ils baissèrent la tête et se plaquèrent au sol quand la lumière vint caresser le haut de la butte derrière laquelle ils observaient les évènements.

Et le spot croisa les girafes que Julie et Alban avaient observées plus tôt dans la soirée. Ils entendirent les cris de joie des hommes dans les voitures :

– On va bouffer !

– Ça va nous faire une tonne de bouffe, peut-être plus !

Aussitôt, quatre types costauds descendirent des voitures et attaquèrent la clôture à coups de masses, motivés par les autres qui leur criaient des encouragements, tandis que les baffles des voitures faisaient entendre des basses sourdes d'une musique tribale et répétitive. La musique et les cris évoquèrent à Julie les aboiements de chiens avant la mise à mort d'une chasse à courre ; elle était paralysée, mais incapable de quitter des yeux la curée qui allait venir. Les girafes elles aussi semblaient avoir senti l'odeur de mort imminente, et s'étaient réfugiées dans un coin de leur enclos. Dans la savane où elles n'avaient probablement jamais mis les pieds, elles auraient pu s'enfuir, essayer au moins de retarder l'inévitable, là, coincées, peut-être sous-alimentées, elles formaient une masse noire tétanisée, aussi certainement morte qu'une vache dans un abattoir.

– Regarde pas, Julie !

– Toi, regarde pas !

– On ferait mieux de partir ! reprit Alban.

– Comment tu veux-faire ? Allumer une lampe et s'éclipser ? Y a trop de chances qu'ils nous repèrent. On va attendre, ils finiront bien par partir.

Quand la clôture fut suffisamment détruite, un des 4X4 passa par l'ouverture pour rentrer dans l'enclos. Il s'approcha des girafes, les fixant dans ses phares. Les deux animaux, aux cous comme entrelacés, projetaient des ombres infinies. La voiture recula, puis fit mine de foncer sur les deux girafes, tentant de les faire fuir pour rendre la chasse plus divertissante. Mais les animaux semblaient vaincus, comme si leur domestication les avait privés d'envie de se battre. Peut-être seulement ne savaient elles pas comment réagir face à cette agression incongrue ? Alors le conducteur jugea qu'il était temps d'en finir avec ce safari grotesque ; une dernière fois il fit reculer le véhicule, puis il accéléra vers ses proies, brisant les longues jambes élégantes comme des brindilles sèches. Les girafes poussèrent un même cri inarticulé, presque humain, et les hommes descendirent de leur voiture pour les achever à coups de masse, poussant des cris victorieux.

Quelques hommes dépecèrent les girafes et cuisirent la viande sur un « barbecue » improvisé. L'odeur de viande réveilla un instinct primaire chez Alban, une faim terrible difficilement étouffée par un sentiment de honte. Tandis que les chasseurs faisaient la fête autour de leurs voitures, une partie de la viande était empaquetée pour être conservée ou vendue, une petite partie était consommée sur place. Le feu autour duquel les hommes s'activaient, buvaient ou dansaient rendait la scène visible et terrifiante aux yeux de Julie et de son frère. Vers deux heures du matin une dispute éclata parmi les fêtards du zoo. Un type bedonnant qui titubait semblait en insulter d'autres : il leur faisait de grands gestes en parlant fort, levait ses poings et repoussait violemment ceux qui essayaient de le calmer. Alors vint un homme dans son dos qui lui éclata la tête d'un coup de marteau. Aidé par un autre, le meurtrier jeta le corps dans les flammes et continua la soirée comme si rien n'était arrivé. Vers cinq heures du matin les intrus repartirent, leurs voitures chargées de paquets de viande.
Julie et Alban retournèrent dans leur cabane pour passer le reste de la nuit en état de choc.

– Le monde est devenu fou, dit Alban. Ça fait un mois et déjà les gens se comportent comme des animaux. Dans un an qu'est-ce que ça sera ? Qu'est-ce qu'on va faire ? S'isoler dans la forêt ? Mais combien de temps ? Et qu'est-ce qu'on fera si ce genre de personnes nous trouvent, et qu'ils ont faim, ou qu'ils veulent ce que nous avons ? On ne sait pas se battre, on n'est pas armés, je suis trop jeune et t'es une femme, on est des agneaux dans un monde de loups.

Alban se mit à pleurer dans les bras de sa sœur.
– On va crever. Tôt ou tard, mais on va crever.
– On crève de toutes les façons tôt ou tard, c'est la loi de la nature. Si l'homme perd sa technologie, sa médecine, il redeviendra un animal comme les autres, lui répondit Julie.
– Et tu t'en fous ? Dans un an les gens s'entredévoreront, et ton plan à toi c'est survivre dans la

forêt ?

– Parce que t'as une meilleure idée toi ?

– Non bien sûr que j'ai pas d'autre idée. De toutes les façons je suis crevé, à moitié malade, j'en ai presque plus rien à foutre.

– Moi j'ai peut-être une autre idée.

Julie raconta à son frère sa rencontre avec Noé et sa création d'une base.

Alors ils se mirent en route, longeant les voies pratiquement désertées. La majeure partie de l'exode urbain avait déjà eu lieu, on en voyait encore des traces : voitures abandonnées et cadavres en décomposition. Ils fouillèrent tout ce qu'ils purent pour subsister, mais souvent ils avaient été précédés. Ils se méfiaient surtout des villages aux abords desquels ils croisaient des hordes de chiens abandonnés, redevenus sauvages et dangereux. Ces meutes devaient parfois servir de gibier aux habitants des environs, mais pour Alban et Julie, fragilisés et désarmés, c'était un risque excessif que de s'essayer à la chasse.

Le troisième jour de leur périple vers la base de Noé, ils longeaient une autoroute, quand après avoir fouillé une aire de repos en quête d'eau potable et de nourriture, ils s'allongèrent un peu avant de reprendre la route. De temps en temps passait une voiture et ils se cachaient pour ne pas s'en faire remarquer. Ce qu'ils avaient vu des hommes, lors de leur nuit au zoo, les avait convaincus de ne plus s'en approcher. Un break gris métallisé, qui roulait lentement sur l'autoroute, vint se garer à une vingtaine de mètres d'eux, sur le parking autrefois réservé aux camions. Quand la voiture s'arrêta et que le moteur fut coupé, un homme en descendit, regardant autour de lui pour s'assurer que personne n'était là. En s'éloignant, il verrouilla sa voiture dans laquelle l'attendaient deux enfants. Il portait un marteau et une espèce de bac en plastique orange.

– Ils vont dans le même sens que nous, dit Julie.

D'après ma carte, dans cent cinquante kilomètres, cette route passe à une dizaine de bornes de la base de Noé. Ça représente 5 jours de marche si tout va bien, ou deux heures de voiture à faible allure. Tu en penses quoi ?

– J'en peux plus de marcher. Je crève de faim. On n'sait même pas si elle existe la base de ton pote. Et on n'sait pas s'ils voudront de nous. J'en ai marre ! Terminons-en une bonne fois pour toutes, c'est juste un père avec ses gosses, il ne devrait pas être dangereux.

– Alors reste là, je vais lui demander s'il peut nous emmener.

Julie s'approcha calmement du père de famille, les mains bien en évidence. Alban la regardait de loin, inquiet. L'homme sursauta quand elle l'interpella, à quelques mètres de lui, suffisamment loin pour ne pas apparaître comme une menace. Il lâcha pourtant son récipient orange et tout en gardant son marteau dans sa main gauche et sortit un pistolet de la ceinture de son pantalon qu'il pointa sur elle. Julie put le détailler clairement tandis qu'il la menaçait : le type avait dû être gros avant la crise, il ressemblait un peu à un ballon dégonflé, avec trop de peau par rapport à sa surface.

– Qu'est-ce que tu veux ? demanda-t-il méfiant, malgré les armes qu'il portait. J'ai rien à bouffer, rien à boire et plus trop de gasoil.

– Vous allez dans la même direction que moi, j'voudrais juste que vous me rapprochiez, c'est dans 150 km à peu près.

– Tu vas où ?

– J'voudrais retrouver mes parents, mentit Julie. Je n'ai pas de nouvelles depuis le début des évènements.

– Sont probablement morts, alors, dit l'homme en baissant son arme.

– Vous pouvez nous emmener alors ?

– Comment ça nous ? Vous êtes plusieurs ? demanda l'homme, dont chacune des paroles était accompagnée d'une abominable odeur de pourriture.

– On est juste deux, mon frère et moi. On vous créera pas de soucis. D'ici une heure ou deux vous nous posez sur le bord de l'autoroute et vous n'entendrez plus jamais parler de nous. Ça change quoi pour vous?

– Mais qu'est-ce que je gagne là-dedans ? Ça me sert à quoi ?

Puis remarquant la moue involontaire dégoutée de Julie :

– C'est l'odeur qui vous dérange ? Pas terrible hein ? Mais y a plus de dentistes, et j'ai une dent cassée qui me fait un mal de chien. La douleur tape dans ma tête en continu, une vraie galère, impossible de dormir. Des fois j'ai envie de me taper la tête contre un mur pour m'anesthésier. Un mec m'a conseillé un vieux remède de grand-mère : mordre dans de l'ail et des clous de girofles. C'est pas magique, mais ça calme… par contre ça pue.

– Je peux vous retirer la dent, je sais faire ça. En échange vous nous emmenez 150 bornes dans votre voiture. Ça paraît correct non ?

– On peut peut-être s'arranger. Il est où votre frère ?

Julie fit signe à Alban de venir. L'homme lui tendit le bac en plastique le marteau et un tournevis.

– J'ai un truc ou deux à régler avec ta sœur. En attendant, tu vas te rendre utile. Avec le marteau et le tournevis tu vas percer les réservoirs des véhicules abandonnés et récupérer du gasoil. Tu verras que la plupart ont déjà été faits, mais perce quand même à d'autres endroits, des fois, le réservoir n'est pas à plat et il reste un peu de liquide dans des coins. Tu fais pas l'con surtout, que des moteurs diesel, sinon on n'ira pas loin.

Julie accompagna l'homme jusqu'à sa voiture. Il la présenta aux deux enfants derrière qui sommeillaient jusque là.

– Elle va me retirer la dent qui me fait mal, leur dit-il, c'est un genre de médecin. On va faire ça dans la voiture, parce qu'il y a la lumière des plafonniers. Je risque de crier un peu, mais ne vous inquiétez pas. Docteur à vous de jouer ! dit-il faussement enjoué.

Julie n'avait jamais arraché de dent, même à l'hôpital elle n'avait vu personne le faire. Mais elle avait lu, comme beaucoup de bushcrafteurs et survivalistes, le livre « Where there is no dentist » de Murray Dickson, et espérait qu'elle réussirait sans faire trop de dommages.

– Vous avez un anesthésique ? Ou de l'alcool fort ?

– Un fond de vodka seulement.

– Alors gardez-le pas loin, vous allez en avoir besoin.

Elle sortit sa pince multitool et la nettoya à l'aide de la bouteille d'alcool qu'ils avaient trouvée dans le zoo.

– C'est laquelle qui vous fait mal ?

– Celle-là, lui répondit-il en montrant une prémolaire du bas bien abîmée, tandis que Julie tentait de refréner une forte envie de vomir. Elle se dit qu'un rinçage de la bouche de son patient à la vodka avant l'opération et une petite gorgée pour elle serait profitable, mais il ne fallait pas gâcher le précieux liquide.

– Bien, je vais commencer par séparer la gencive de la dent.

Avec des mouvements précis, elle glissa lentement le tournevis de son multitool entre la gencive et la dent, le plus bas possible tandis que l'homme suait à grosses gouttes et se dandinait nerveusement sur le siège de la voiture.

– Maintenant, avec le même outil je vais faire levier entre les dents pour commencer à la détacher. Mais d'abord rincez-vous la bouche avec de l'eau je vois plus grand-chose avec tout ce... Elle se reprit pour ne pas effrayer les enfants, enfin bon rincez-vous la bouche.

En grimaçant, l'homme prit une bouteille d'eau dont il cracha sur le parking une gerbe fortement rosée. Julie commença à desceller la dent, et quand à force de mouvements rotatifs pour la lever, elle commença à la sentir bouger suffisamment, elle prit sa pince, et en évitant des mouvements brusques, pour éviter de glisser et taper dans les autres dents, elle tira vers le haut en faisant tourner la dent pour enfin la sortir. Le conducteur gémit et s'affala dans son siège. Il vida le reste de vodka dans sa bouche et rinça cette dernière avant de boire le mélange plein de sang et de salive qu'elle devait contenir.

– Ça va ? demanda Julie.

– J'ai connu mieux. Mais ça va passer maintenant. J'ai besoin de quelques minutes avant de repartir. On va aller un peu à l'écart, reprit-il en jetant un œil à son flingue, sous sa boucle de ceinture.

Quand Alban revint, poisseux d'avoir rampé sous des véhicules et d'avoir manipulé du carburant, il avait quelques précieux litres dans son bidon. Il trouva la voiture avec les deux enfants qui somnolaient à l'arrière. Il déposa l'essence et chercha sa sœur sur le parking. Il l'aperçut derrière un arbre, à genou devant l'homme qu'elle avait soigné, dans une position qui laissait peu de doute sur ce qu'elle faisait. Il les attendit en serrant le manche du marteau tandis qu'une envie de meurtre le prenait. Il voulait sentir la tête de cet inconnu éclater sous ses coups. Mais en revenant, Julie lui lança un regard qui lui ordonnait de se calmer.

– On va y aller, lui dit-elle.

Tout le monde s'assit silencieusement dans la voiture. Le conducteur semblait dans un état second. Après une demi-heure ils tombèrent sur un barrage tenu par des adolescents qui leur demandèrent à manger. La vue du flingue braqué dans leur direction calma leurs ardeurs, et la voiture put repartir. Quand Julie estima qu'ils étaient arrivés à portée de la base de Noé, elle demanda à descendre ; ce qu'ils firent sans dire ni merci, ni au revoir. Dans la soirée ils trouvèrent enfin la base et furent accueillis avec leur premier vrai repas depuis… depuis un temps qui leur paraissait infiniment lointain, dans une autre vie.

16 avril 20XX

Action

Partagé entre la peur et la tristesse, Noé conduisait en repensant à ce qu'il avait vécu ces derniers mois. Il avait chargé sa voiture et sa remorque à bloc, surtout de nourriture en conserve et d'outils. Il avait senti le vent tourner, mais il s'y était mis trop tard. Trop tard pour avoir une arme de poing discrète qui lui aurait été bien utile. Mais il fallait au moins trois mois pour en faire la demande, après des séances de tir contrôlées. Son club de tir n'autorisait l'entraînement aux armes à feu qu'après 6 mois d'essais aux armes à air comprimé. Jusque-là, il avait rongé son frein dans la salle dédiée au c10 et au p10 (carabine et pistolet 10 mètres). C'était un peu comme des séances de yoga, ou plutôt peut être comme de la méditation. Chacun se taisait, enfermé dans sa bulle et protégé du bruit par des casques ou des boules Quies. C'était surtout une affaire de concentration et de respiration, afin de toujours retrouver exactement la même position.

D'abord il se plaçait dans l'alignement de la cible, les pieds parallèles au carton, écartés de la largeur des épaules et fixés jusqu'à la fin de la séance pour ne pas perdre ses repères. En faisant le vide dans son esprit, il tirait le levier comprimant l'air et dégageant le canon de la carabine. Puis il introduisait le plomb. Sur une longue inspiration, il levait l'arme, en bloquait le talon contre son épaule, posait sa joue sur la crosse et commençait à aligner le viseur et la mire quelques centimètres au-dessus de la cible. Commençant à expirer, il descendait pour viser le centre tandis que son index touchait la détente et tout doucement, commençait à appuyer dessus jusqu'à en trouver le point dur. Arrivé à la moitié de son expiration, il fallait qu'il trouve le bon moment, celui où l'alignement était parfait, où il ne tremblait pas encore trop, et où son doigt, comme surpris, déclenchait le tir. Ça n'était pas très compliqué. Etait-ce aussi facile de tuer un homme, ou même un lapin ? Pouvait-on dans ces circonstances, de la même façon, faire le vide ?

Il progressait. Mais ne touchait aucune arme à feu. Il y avait pour cela des raisons de sécurité évidentes : on attendait de voir le sérieux du candidat avant de lui laisser entre les mains un objet dangereux, on vérifiait à chaque séance qu'il prenait toutes les sécurités dans le transport de l'arme et le tir. Mais il y avait aussi là une tentative de se débarrasser des « mauvais tireurs », ceux venus s'inscrire par amour des armes, et non par amour du tir.
Ceux-là, il les croisait, discrets, snobés par les tireurs, les vrais, tandis qu'ils allaient au « 25 mètres », tirer au revolver Smith and Wesson, au colt 1911 ou au Glock 17, ou au « 50 mètres » tirer à la 22, à l'AK47 ou au Mosin Nagant.

Il n'avait encore jamais tiré à l'arme à feu et pourtant il avait un fusil à pompe, FAP pour les intimes. Il l'avait mis sur la banquette arrière de son monospace, sous son blouson : pas trop loin en cas de problème, mais pas trop visible non plus.

Le temps s'était arrêté. Il entrait dans une nouvelle réalité, comme si l'atmosphère était devenue un peu plus claire et solide.

De sa voiture il avait essayé d'appeler Louis... Mais le réseau téléphonique était coupé. Tout ce que la modernité avait créé pour relier les hommes avait sombré en quelques jours, laissant pour seuls moyens de communication l'écrit et la parole. Le monde allait vers des rapports plus forts et plus directs, revenait aux fondamentaux.
Noé hésita à s'arrêter pour faire une pause et prendre un moment de réflexion. Mais plus aucun lieu n'était sûr. Il croisait des voitures calcinées sur le bord de la route. Qu'en

sera-t-il dans six mois, dans un ou deux ans ? Ces cadavres automobiles se feraient-ils dévorer par une végétation que plus personne ne couperait ? Disparaîtraient-ils, lentement rongés par une nature dominant à nouveau ?
Il fallait se protéger. Protéger sa fille qu'il allait récupérer d'ici quelques jours. Lui saurait l'aider. Le temps qui le séparait de ses retrouvailles avec elle était insupportable. Pas une heure ne passait sans qu'il se demande ce qu'elle faisait et si elle était en sécurité avec sa mère. « Pourvu qu'elles ne sortent pas, qu'elles attendent terrées chez elles que je vienne. Pourvu qu'elles n'attirent pas l'attention, ou que personne ne vienne piller chez elles. Encore un peu de temps à tenir, pour qu'on soit réunis, sains et saufs. »
Il se demandait si sa femme viendrait avec eux. Est-ce qu'elle en aurait envie ? Est-ce qu'il lui pardonnerait ?

Mais d'ici là tant de choses à faire.
Aux abords d'une petite ville, un groupe de gens portant des armes improvisées pourchassait quelque chose ou quelqu'un.
Non, décidément il ne pouvait plus s'arrêter.
Inéluctable.
Il était comme fixé sur des rails.
Il savait ce qui l'attendait à l'horizon.
Il retrouva la campagne.
Il retrouva la petite route. Aujourd'hui il ne pleuvait pas. Le ciel était dégagé, immense, comme une promesse de beaux jours à venir. Des gravillons crépitaient en rebondissant sur ses bas de caisse.
Il se gara devant la cour de la ferme. Il se sentit fébrile, la bouche sèche et pâteuse. Ses gestes étaient nerveux et maladroits, il s'y reprit à deux fois pour ouvrir la porte de sa voiture.
Alors qu'il s'approchait du portail, Louis vint à sa rencontre.

– Bonjour Noé ! Quel bon vent t'amène ? Tu passais pas dans le coin par hasard ?

– Non, c'est sûr, il faut connaître pour arriver ici !

– Alors qu'est-ce que je peux faire pour toi ?

– Je dois vous le demander encore, vraiment sérieusement : Vendez-moi votre ferme, j'ai pas mal d'argent de côté, je suis prêt à y mettre un bon prix.

– Noé, j't'aime bien, mais le prix, ça veut plus rien dire du tout. J'pense pas qu'l'argent sera encore utilisé. Cette ferme c'est toute ma vie et celle de ma femme.

– Je comprends bien, et je respecte ça. Mais par ces temps troublés, est-ce que vous ne seriez pas plus en sécurité chez votre fille par exemple ?

– On n'a pas de ses nouvelles ; je sais pas c'qu'elle devient. Mais si les choses s'arrangent pas, j'pense plutôt qu'c'est elle qui va revenir ici. J'pense pas qu'elle puisse continuer à travailler à la banque postale ; tu crois pas ?

– Probablement.

– Qu'est-ce que tu fais avec cette remorque ? Tu déménages ?

– Pas vraiment. Mais j'ai un truc qui pourrait vous faire changer d'avis dedans. Va chercher Laurette, ça va lui plaire, dit Noé, surpris que sa voix ne le lâche pas.

– M'étonnerait qu'on change d'avis, mais si ça te fait plaisir…

Louis alla vers la ferme et Noé vers sa voiture. Vérifiant que personne ne pouvait le voir, il ouvrit la portière, sortit son fusil à pompe, chargea trois cartouches et attendit derrière la remorque, invisible depuis la maison. Son arme lui sembla soudain ridicule, un jouet en plastique noir. Plus il la regardait et plus lui prenait l'envie de la jeter dans le fossé et partir. Le bruit des graviers de la cour l'informa que le couple arrivait. Il aurait voulu un signe pour l'arrêter, il aurait voulu une meilleure idée, il aurait voulu que quelqu'un l'empêche de faire ce pour quoi il était venu.

– Noé ?

Louis apparut derrière la remorque, tenant la main de sa femme. Il vit le visage blême de Noé, avant de mourir la tête réduite en bouillie par la chevrotine.

Le tir surprit Noé par la force de la détonation et le recul dans l'épaule. Louis s'affala comme un arbre mort. Alors que Laurette réalisait ce qui venait d'arriver, Noé vit une colère et une tristesse infinies dans son regard. Ce fut le pire moment de sa vie : découvrir le monstre qu'il était devenu dans le regard de quelqu'un qu'il appréciait. Affronter ce regard et se dire qu'il était responsable de cette douleur. Laurette s'effondra à genoux, au ralenti. Ou peut-être était-ce lui qui percevait les choses ainsi. Aucune bille de plomb ne semblait l'avoir atteinte. À cette courte distance le cône mortel des projections du canon était encore réduit. Pendant une seconde rien n'exista plus sur terre que la douleur de cette femme. Alors pour abréger sa souffrance, et pour abréger la sienne aussi, parce que la vue de cette femme lui évoquait sa grand-mère, lui évoquait cet homme qu'il avait tué, lui était insupportable, il réarma la pompe de son fusil tandis que l'air vibrait encore de la première détonation et creva l'air d'une nouvelle explosion qui pulvérisa le visage de Laurette, la décapitant net.

Il ne vomit pas, ne pleura pas, ne fuma pas de cigarette, ne but pas un verre.
Il espéra que le bruit n'avait pas été repéré, qu'il était suffisamment loin de tout, ou que ceux qui auraient pu l'entendre ne viendraient pas voir ce qu'il se passait ici.
Il ouvrit le portail et gara sa voiture devant la maison. Il vida sa remorque sous la grange et prit de grands sacs poubelle. Dans la maison, consciencieusement, il retira toutes les traces de Louis et Laurette : photos, habits, objets personnels. Il s'attarda malgré lui dans la contemplation d'une photo du couple avec leur fille. L'image se fixa sur sa rétine comme celle du soleil quand on le regarde : il avait beau fermer les yeux, elle restait présente. Elle reviendrait le hanter longtemps encore. Le regard vers l'objectif de Louis, particulièrement, semblait l'interroger depuis l'au-delà. Noé se retint de pleurer.

Puis il entassa tous les objets ramassés, dont la photo, surtout la photo, dans des sacs poubelle et les mit dans sa remorque. Pour ce qui restait dans la maison, il expliquerait aux autres que les habitants étaient partis précipitamment, laissant sur place ce qui ne pouvait être transporté.
Il ressortit sa voiture de la cour et la plaça à côté des deux corps. Le fusil à pompe les avait tellement dévastés qu'ils

n'étaient plus reconnaissables. C'était tant mieux. Noé n'avait plus de force. Il essaya de se concentrer sur sa tâche alors qu'il revoyait ses meurtres, et que ses deux coups de feu semblaient résonner quelque part. Deux tirs. Deux secondes et le regard de Laurette, perdue sans son mari.

En portant les corps pour les mettre dans la remorque il se couvrit de sang. Il essaya de ne pas regarder, mais remarqua des impacts de chevrotine dans le haut des corps. Des mouches étaient déjà à la fête. Il démarra lentement. Il avait comme peur de les bousculer, entassés qu'ils étaient sur leurs objets pour leur dernier voyage. Il avait peur d'entendre du bruit derrière lui, venu de la remorque. Il mit la radio, mais ne capta rien. Mit un CD, bien fort, mais le bruit de la musique ne couvrit pas celui de ses pensées.
Après avoir roulé une trentaine de kilomètres, il trouva une zone dégagée près d'un petit étang. Il détacha la remorque, l'ouvrit sans regarder à l'intérieur, y vida une bouteille d'essence et y jeta une allumette. Le feu jaillit fort, comme un coup de vent. Des flammes orange mêlées d'une fumée noire montèrent rapidement dans le ciel. Il lui fallait partir maintenant. Il avait beaucoup à faire pour que sa famille puisse venir. Chez lui.

Bibliographie

Livres et revues :

Bureaucratie de David Graeber
Bushcraft : Outdoor Skills and Wilderness Survival de Mors Kochansky
Bushcraft Attitude (revue)
Dialogue Avec Les Runes : Manuel Initiatique d'Eric Panichi
How to camp out de John M. Gould
Là où il n'y a pas de docteur de David Werner
Rues Barbares de Vol West et Piedro San Giorgio
The Resilient Farm and Homestead : An Innovative Permaculture and Whole Systems Design Approach de Ben Falk
Survivre à l'Effondrement Economique de Piedro San Giorgio
Where There Is No Dentist de Murray Dickson

Sites et vidéos:

Esobook (chaîne youtube)
EVN Bushcraft, école de vie dans la nature (site)
Citoyen Prévoyant (chaîne Youtube)
France 2017: Chronique d'une Faillite Annoncée (vidéo)
France survivaliste (blog, forum, chaîne Youtube)
Ju Bushcraft-Alpin (chaîne Youtube)
Le survivaliste (de Vol West, blog, chaîne Youtube)
Naturanim.free (site)
Regroupement Survivaliste Francophone (groupes Facebook)
Skall Survivalskills (chaîne Youtube)
Shenzo le Kaiser (chaîne Youtube)
The Urban Homestead (site, blog et vidéos)

Printed by Amazon Italia Logistica S.r.l.
Torrazza Piemonte (TO), Italy

11726429R00091